我曾 孤注一掷

韩啸 著

韩 船 长 漂 流 记

图书在版编目（CIP）数据

我曾孤注一掷：韩船长漂流记/韩啸著. — 福州：海峡文艺出版社，2024.1
ISBN 978-7-5550-3561-9

Ⅰ.①我… Ⅱ.①韩… Ⅲ.①游记－作品集－中国－当代 Ⅳ.①I267.4

中国国家版本馆 CIP 数据核字 (2023) 第 220096 号

我曾孤注一掷：韩船长漂流记

韩啸 著

出 版 人	林 滨
出版统筹	李亚丽
责任编辑	陈 瑾
编辑助理	王清云
特约监制	杨 琴
特约策划	闫雯晰
出版发行	海峡文艺出版社
经　　销	福建新华发行（集团）有限责任公司
社　　址	福州市东水路 76 号 14 层
发 行 部	0591—87536797
印　　刷	三河市兴博印务有限公司
厂　　址	河北省廊坊市三河市杨庄镇大窝头村西
开　　本	880 毫米 ×1230 毫米　1/32
字　　数	183 千字
印　　张	9.25
版　　次	2024 年 1 月第 1 版
印　　次	2024 年 1 月第 1 次印刷
书　　号	ISBN 978-7-5550-3561-9
定　　价	68.00 元

如发现印装质量问题，请寄承印厂调换

目录
CONTENTS

楔子
我的航海梦

Part 1
极寒波罗的海

初见大白 × 006

新手的错误 × 012

死神就在船舷上 × 026

劫后余生的奖励 × 045

帆船生活体验者 × 054

Part 2
挺进大西洋

独穿英吉利海峡 × 066

超人泽西 × 076

比斯开湾惊魂 × 082

波尔图"敲头节" × 092

西班牙街头艺人 × 096

Part 3
极限横跨地中海

穿越直布罗陀海峡 × 104
九天九夜，极限拉锯地中海 × 114
抵达希腊 × 128
儿行千里母担忧 × 138

Part 4
中东历险记

靠岸一波三折 × 146
过苏伊士运河 × 154
埃及团聚 × 161

Part 5 红海流浪记

- 滞留加利卜港 × 168
- "红海行动"启动 × 177
- "红海行动"变"红海流浪" × 188
- 抵达吉布提 × 196

Part 6 勇闯亚丁湾

- 遇见中国海军 × 206
- 逃离索马里 × 217
- 被困阿曼 × 223
- 遭遇马蜂袭击 × 232

Part 7 单人穿越阿拉伯海

- 升级大白 × 242
- 一个人的十六天十六夜 × 246
- 老朋友来了 × 260
- 重返阿拉伯海 × 268

楔子

我的航海梦

我是成都人，很少有机会能见到大海，但小时候看了很多关于大海的影视作品，慢慢地，就对神秘的大海产生了无限憧憬。如果你要问我是从什么时候开始有的"航海梦"，我没有准确的答案，或许是在某个午休醒来之后，又或许是在某天正看着一部航海纪录片的时候。

但这丝毫不会影响我对海洋的热爱与向往。

我的父母虽然都是教师，但我从小就不喜欢循规蹈矩，用老师的话说，"十处打架，九处都有你"。高考失利后，我独自跑去上海闯荡，卖过菠萝，端过盘子，还在天桥下拉手风琴卖过艺……日子虽然很苦，但能靠自己的双手生活，我觉得很值得。

积攒了一定的积蓄后，我回到成都创业，先是开了一家服装店，后来又开了一家酒吧。赶上行业发展好的风口，我赚到了一些钱。

29岁的那一年,我想改变当时的状态,便带着全部身家和一个朋友去毛里求斯开民宿。那里有区别于成都的海岛风光,有美丽的雨后彩虹、清澈见底的碧蓝海水。我经常带客人出海潜水,看海豚、吹海风、体验渔民生活。也是在那里,我认识了我的妻子——苗苗。

后来由于经营不善,民宿被迫关闭,我变得一贫如洗,人生也跌到了谷底。

回国后,我找了一份普通的工作,却始终忘不了在毛里求斯的那段日子,帆船,大海,自由自在。可能安稳确实不适合我吧。

以前在希腊,我总能看见海面上自由来去的帆船,还能听帆船的主人讲起他们的航海过往,那是我第一次了解到帆船这项运动。相比于一般运动,它更像是一种生活。我想,是不是能依靠帆船赚钱养家呢?就像开旅店那样,我开船带着客人出海潜水,或是体验几天海上的生活,这样既能赚钱,又能满足我和苗苗对旅行的热爱。

看上去,这种想法似乎也没那么不可行。

确定想法之后,我和苗苗开始着手准备——先卖掉成都的房子,再加上贷款和借款凑来的钱,减去买船和培训的费用,只留下一小部分用来应急。再之后的费用该怎么办?路上挣钱吧。

仿佛是开启了一个崭新的闯关游戏，无数的新问题接踵而至——每一关都很难，但每一关都没有阻挡住我前进的脚步。

2018年，我前往美国学习驾驶船舶，同时通过各种渠道打听哪里有合适的帆船出售。为了省钱，我白天上课，晚上就睡在租来的车里，洗漱全在公共卫生间解决。虽然很累，但我仍满怀期待。

半年后，我顺利拿下驾照，同时收到一封来自瑞典帆船代理商的邮件，说斯德哥尔摩的一个港湾里停着一艘Beneteau Oceanis（博纳多遨享仕）38.1新船，是刚从法国托运到瑞典来参展的。船的价格和船况跟我的要求很匹配，问我愿不愿意买下它。

通常来说，订购一艘帆船至少要花费一年的时间。当时我只觉得自己撞了大运，想都没想就给对方回话："我要了。"

订好船，接下来就是紧锣密鼓地办手续、办签证，准备去瑞典取船了。

就在这时，我的女儿出生了。"7"是我的幸运数字，我和苗苗便给她取名"小七"。小七的降生让我更加急迫，我想尽快拿到船，然后航行到欧洲南部，找个合适的地方跟她们母女会合。

Part 1

极寒波罗的海

初见大白

2019年3月4日,我拿到法国的长期签证,最后一道手续完成。按照计划,第二天就要从成都飞往斯德哥尔摩了。临行前一晚,一家人聚在一起吃晚饭,父母只叮嘱我一句"活着回家"。那时,我还不明白这4个字的重量。

两天后,经过3次转机,27个小时13 000公里的飞行,飞机终于开始盘旋着下降。从上空俯瞰斯德哥尔摩,建筑物顶上还积着厚厚的雪,整座城市仿佛被加上一道灰白的滤镜。这里就是我即将启航的地方。出了机场之后,我乘坐地铁前往市区,得先找个落脚处休整一晚,再去迎接我的"大白"。

如果你问我对这座北欧城市的印象如何?那么答案是:除了冷,就是贵。从机场到住处的地铁花了70多元人民币,这"平平无奇"的通勤价格,彻底惊呆了我这个常年2元人民币坐地铁的成都人。再加上驮着超过80公斤的物资,我对

图 1-1 完成船舶交接，我拿到了大白的钥匙

斯德哥尔摩的印象又多了一个——重！

　　第二天一早，我在青年旅馆的房间里醒来，窗外淅淅沥沥地下着雨，气温还不到 3 摄氏度。退房后，我按照约定前往市郊的一个码头——"大白"正停靠在那里等着我。乘坐地铁，再转公交，10 点整，我如约抵达码头，见到了我的帆船经理人雅克布。雅克布笑得一脸灿烂，无比热情地接待了我。帆船交接手续办理得非常顺利，但真到了付钱的时刻，我还是萌生了退意。花光所有积蓄买一套房子尚算合情合理，可买一艘帆船？我真的无法确定。钥匙握在手里的那一刻，我微微地颤抖着，分不清是害怕还是欣喜，或是两者都有。

　　初见大白时，它正被一层厚厚的篷布整个包裹住——这是帆船公司为了保护船体免受低温损害而做的防护。大白是一艘玻璃钢纤维材质的单体帆船，型号为 Beneteau Oceanis

（博纳多遨享仕）38.1，Deep Blue 7（深蓝 7 号）是它的大名。帆船总长 11.5 米，船体长度 11.13 米，宽 3.99 米；最多能承载 8 人，一般情况下需要 2～3 名船员共同驾驶，是一艘能够满足远航的大舱型帆船。

帆船包含两套动力系统：帆和发动机。大白配有一面主帆和一面前帆，风力足够的情况下可以完全靠风帆行驶，风力不足或进出码头时，则要用到发动机。舱外的甲板部分是控制区兼休闲区，设有两把舵和一套固定的桌椅。天气好时可以坐在那里海钓、看风景、晒太阳；舱内部的中央区是一间 L 形餐厅，以及一个包含炉灶、洗碗池和冰箱的一体式料理台，可以在船上开火做饭；围绕餐厅前后分布着 3 间卧室

图 1—2　大白的驾驶舱

和 1 间盥洗室，卧室都是双人床。三室一厅一卫，30 平方米左右总计 217 万元人民币，合 7.2 万元人民币 / 平方米。我相当于在上海市浦东新区买了套小户型。不过房子能增值，一艘单体帆船？然而，一切才刚刚开始……

大白是艘裸船。裸船是什么概念呢？没有雷达，没有发电机，没有空调，没有自动驾驶，甚至连个雨篷都没有。通常来说，订购一艘帆船至少会花一年的时间。首先，你需要告知船商自己需要什么型号的船，包括需要什么配置、选择哪些设备，等一切细节都敲定之后，工厂才会依照顾客的要求再进行生产。但我当时也不懂，突然听说瑞典有这么一艘合适的船，一心只想把它赶紧买到手。

图 1—3　大白的船舱内部

图1—4 大白的全貌

北欧的物价贵得离谱，一副雨篷就要 40000～50000 万人民币，其他的更不必说。我唯二换得起的就只有一张船帆和一只远洋锚，还是为了满足远航的基本需求。船体发生了任何一点轻微的剐蹭，都会让我心惊肉跳、揪心良久。一面是欠着 200 多万的外债，一面是在北欧花钱如流水，打退堂鼓的冲动几乎就没停过，但已经投入了这么多，我根本就没有退路了。

把国内带来的超过 80 公斤的家当一口气都"投喂"给大白，从吃穿用度、锅碗瓢盆到设备器材，那些都是在国内从网上低价淘来的；又在当地补充了些物资，主要是维修零件和生活用品。从今往后，它就是我在海上的"家"了。

3 月的斯德哥尔摩天寒地冻，海面上结了一层厚厚的冰。结冰导致大白无法出海，而我被困在码头每多一天，就会不断地产生费用。码头停靠费一天是 20 欧元左右，为了节约开支，我吃住都在船上。船里的最低温度能达到零下十几摄氏度，水壶里刚烧开的水很快就被冻住；没有空调，我仅靠一台"小太阳"电暖气取暖。记得有一天，码头突然停电了，船上也跟着完全断电，既没法做饭，电暖气也跟着罢工，船舱里冷得像冰窖，一阵深深的无力感瞬间席卷而来——北欧是全世界航海最难的地方，此时此刻，在这冰封的码头里，只有难以抵御的严寒疾风，和一个毫无经验的、孤注一掷的我。之后的路该怎么走？还能走得下去吗？

新手的错误

4月中旬,天气终于出现转暖的迹象,水面上的冰一点点地融化,原本灰白的斯德哥尔摩开始逐渐有了颜色。我们拆开篷布,给船只做各项检测、调试和改装。在金色的阳光里,大白精神抖擞地闪耀着别样的光芒,崭新的纯白船体美得惊心动魄。船上迎来了3名船工,奥斯卡是其中之一,这个帅气友善的瑞典小伙子曾独自驾船从法国航行到瑞典。这段时间就由他陪我一起试航,顺便为我介绍大白的基本操作,以及教给我一些实用的航行知识。

我的好兄弟老顾会在19日乘坐飞机到哥本哈根,这趟航海之旅中,由他来担任我的大副。我和奥斯卡约好,趁着复活节假期一起从斯德哥尔摩出发,开船去接他。

海图显示,从当前的码头到哥本哈根有将近400海里的航程,开船可能会花上48~56个小时。由于距离比较远,我又是第一次驾驶大白长距离航行，所以我们决定将航程分段进行：先从当前码头驾驶到瑞典东南部的一个主要港口——尼奈斯港，这段旅程约 40 海里，因为奥斯卡要上班，所以由我独自航行。第二天他下班后，直接开车到尼奈斯港跟我会合，我们再计划接下来的航程。

离港在即，两名技术维修人员上船为大白做全方位的细致排查，重点测试发动机系统、转向系统、排水系统等涉及航行操作和安全的部分，随后给船做了彻底的清洁。

一切准备就绪，整装待发。

4 月 17 日上午 5 点，明亮的阳光照进船舱，推开舱门发现甲板上结满了白霜，气温仍旧只有 0 摄氏度。桅杆顶的风

图 1—5　船工奥斯卡

图1—6 调试帆船

向标几乎没动，风向地图显示这一整天都没什么风，对我而言，这样反倒是更好。瑞典域内遍布又窄又浅的海道，稍有不慎，船体就可能被刮到，单纯靠马达动力行驶更方便控制。我撬开被冻住的仪表盘盖子，启动发动机，预热10秒，船侧排水正常，这说明发动机运转良好。跳下船，拔下插在码头的电线和接水管，最后解开缆绳。

两只野鸭子在码头旁边游水，大白从它们身旁悄悄驶过。我深吸了一口冷冽的空气，呼气时仿佛是呼出了压在胸腔的忐忑和兴奋，我的帆船之旅开始了。

虽然最近白天的气温已经能达到十几摄氏度，但一到夜里依旧会骤降至0摄氏度以下，水面到处可见未化尽的浮冰。

图1-7 告别斯德哥尔摩

才开出码头没多远,船侧突然传来一串吓人的碎裂声,我赶紧前去查看,发现大白开进了一片结冰水域。薄薄的冰层覆盖着前方的海面,看不清边界在哪里。绕不过去,也不可能往回走,该怎么办呢?

只能碾出去了。

我硬着头皮把船继续往前开,冰层尖锐的碎裂声和刮在船身上的噪音听得我抓心挠肺,船后被轧出一条清晰的冰道。过了1个小时,大白终于蹚出了冰区,紧接着进入极具北欧特色的海道系统,这是第二关。

出发前,我通过手机查看过这些海道,它们最窄处只有5~7米,最浅处只有2~3米。大白宽4米,吃水1.9米,

015

能不能毫发无损地通过所有海道，我没有十足的把握，偏偏航行途中还发现大白的深度计测不出水深。幸好我跟奥斯卡试航过几次，而且海面上每隔不远就设有左绿右红的浮标，船只只要保持在浮标中间通行基本上不会出问题。

我以极其缓慢的速度花了将近2个小时，终于驶出了这片迷宫一样的水域。

眼前不再是弯弯绕绕的狭隘海道，而是一片宽阔敞亮的湛蓝海面！就在这时，阳光好像都突然变得灿烂了，眼前所有的景物都加倍清晰、鲜艳、生机盎然。之前被困港口时，心中挥之不去的阴霾和焦虑、想要退却的冲动，全部一扫而空。

图1—8 驶入结冰水域

图1—9 在海道航行

天空如此明媚,阳光如此灿烂,海面如此广阔。我之前又在害怕什么呢?

无垠的大海上没有人山人海,没有吵闹繁杂,只有我一个人。我可以做任何想做的事情。把音乐声调到最大,整片海都跟我一起摇摆。

或许这就是航海最大的魅力吧?

这就是自由!

这就是爽!

8个小时之后,我顺利抵达尼奈斯港,天黑后,奥斯卡开车赶到。他带我去了一家很有本地特色的餐厅吃晚饭,我点了一盘当地奶酪搭配肉类,味道还不错。不过,我更想念

图1—10 进入开阔海域

家乡的味道——在斯德哥尔摩这么长时间了,我这个四川人竟然一点辣椒都没吃。

深度计不能用,我们开船到哥本哈根的计划只好取消。奥斯卡决定把车借给我,由我连夜开车去机场接老顾。

19日上午8点,我跟老顾接头成功。好兄弟从成都给我带来了60公斤左右的物资,其中就有我心心念念的海椒面——作为一个四川人,生活可以没有甜,但不能没有海椒面!

12点,我们开车返回尼奈斯港。

真正的帆船之旅就要开始了。两个四川人在欧洲航海,都会带哪些必要装备呢?

第一梯队肯定是各种四川调料了，像火锅底料、郫县豆瓣酱、海椒面、生抽、卤料、花椒大料、鸡精、芝麻等等，一样都少不了。

第二梯队：所有中国制造的用具，小到筷子、锅铲、漏勺、钢丝球、炒锅、菜刀、剖鱼刀、浴巾、一次性拖鞋、床上四件套，以及各国国旗、潜水服、绳索、100米强力拉线、插座等。

要不是飞机限重，我们能把整个超市的东西都搬到船上来。

收拾完行李，我和老顾做了一顿牛油火锅犒赏自己。做

图1—11　接到老顾

图1—12 "四川灵魂"海椒面

任何重要事情之前要先吃火锅,这是属于我们川渝人民的仪式感。

先把一块新鲜的牛尾骨用小火热油煎出香味,再倒入适量的清水,煮成奶白的牛骨汤底。汤中加入姜片、葱段、火锅底料、干辣椒和花椒,煮开下菜,开吃。所以,生活不就是换个地方吃火锅吗?

4月20日一早,我和老顾一起从尼奈斯港向南出发,预计接下来的一周时间,我们都会在波罗的海上做中长途的航行。

船上有两个人就可以轮换休息。我边开船边向老顾讲解驾驶帆船的基础操作,比如怎么看航向、怎么看风、怎么读

图1—13 从尼奈斯港出发

仪表盘上的数据等。虽然我自己的水平也是半瓶子水咣当，不过三个臭皮匠顶个诸葛亮，多一个人就多一份保障。

本来打算经停维斯比岛，但由于风的原因临时决定一直南下，去往瑞典更南部的地方。当终于看不到陆地时，我让老顾掌舵，自己从船舱里翻出从国内带来的钓鱼工具：一个白色海钓轮和一只专门钓10公斤以上的大鱼的鱼饵，我给这套钓具命名为"小白"。

以前总在电视上看到那些开船去深海海钓的人，钓到的大鱼动辄就有几米长、十几公斤重，我已经眼馋很久了！据说波罗的海的鱼都不大，当地人以钓沙丁鱼为主，但那种小鱼我怎么可能看得上呢？老顾听到了，在旁边翻了个白眼，说："大鱼还看不上你呢！"

结果就是：2个小时过去了，一条鱼都没上钩。波罗的海里那么多鱼，怎么可能整整2个小时都没有一条咬钩？太匪夷所思了。肯定是鱼饵太轻，一直漂在海面上沉不下去，所以这些鱼没看见它。

老顾对我找到的理由很是无语。

大白在风平浪静的海面上平稳前进，看来今天很顺利。**或许这才是航海的真面目，跟平常的生活也没什么不同——哪里会像电影里演得那么戏剧化？平静、重复甚至有些乏味，才是它的常态。**

上个厕所出来，发现船停在原地不动了。原来我进船舱的这几分钟里，老顾转了舵。船后原本拖着十几米长的渔线，一转舵，船的方向彻底改变，渔线迅速被卷进底部的螺旋桨中。

老顾啊老顾！

我第一次遇到这种情况。渔线很细但非常结实，如果只在螺旋桨上缠几圈倒还好办，解开就行。就怕万一损坏了发动机……

眼下，我只能潜水到船底查看情况了。

波罗的海的冷是出了名的，甚至北欧还流传着这样一句话：只有在波罗的海游过泳的人，才算是真正的北欧人。

我很不想下水，但我没有其他选择……

钻进船舱换上潜水服——这件潜水服只有 3 毫米厚，是我以前在非洲潜水时穿的。所以说，我现在要穿着非洲的装备，在几乎处于北极圈的海域中潜水。经验告诉我，一旦水温低于 20 摄氏度，我的潜水服就不够用了。试了试波罗的海的水温，只有几摄氏度，人在这么冷的水中不穿专门的保暖装备，存活不会超过 30 分钟。

可渔线不可能不管。螺旋桨转不动，我和老顾就等于被困在海上。这可不像是在公路上汽车抛锚，打电话叫拖车来处理那么简单。茫茫大海中，谁来救你？更何况，尽管此刻波罗的海是风平浪静，但不知道什么时候就会突然起风，甚至形成雷暴——海上的天气说变就变。还是抓紧时间解渔线吧。

下水前我叮嘱老顾，只要发现我在水里有任何不对劲的地方，就立即把船上所有能找到的救生衣、救生圈、绳索……全部扔进海里。

简单做了一组热身运动，先用少量的海水打湿身体，然后深吸一口气顺着舷梯下到海里。被海水浸没的那一刻，我才体会到泰坦尼克号里的遇难者在去世前有多痛苦了。潜水服毫无用处，冰冷的海水迫使呼吸不由自主地急促起来，心跳加快。我一只手紧紧抓住船上放下来的缆绳，往船底游去。

船底的世界是一片冰冷的蓝绿色。没有生物，没有声音；看不到边界，看不见水底……为了尽快搞定，我只能集中精神，挪到螺旋桨边查看：螺旋桨被渔线乱七八糟地紧紧绞住，直接用手肯定是解不开的，要用工具剪断。先上船找老顾要剪刀，顺便缓两分钟再下水。

我前前后后一共下潜了3次，在水下作业12分钟，总算把渔线全部清理干净了。螺旋桨并没有损坏——幸亏我们反应快，及时关了发动机。回到船上启动重试，发动机又能正常工作了。老顾指着我的手腕，我这才发现，右手不知何时被划出一道口子，正在往外汩汩地冒着血，四肢被冰冷的海

图1—14 下水解渔线

水冻得发麻，根本感觉不到疼。我没敢在甲板上多待，钻进船舱迅速换下潜水服，擦干头发上和身上的海水，裹在毛毯里吹了半小时的暖风才终于缓了过来。

其实，在航海中碰到各种突发状况太正常了，冷静下来、想办法解决问题才是唯一要做的事情，没什么可抱怨的。下午，海上起风了，大白鼓起漂亮的满帆。掌舵的老顾第一次见到满帆，高兴得不得了。我们开动马达，以最快 5 节的速度向目的地驶去。

图 1—15　海上日落

死神就在船舷上

经过两天一夜的航行,我和老顾于 2019 年 4 月 21 日晚上 10 点左右抵达瑞典厄兰岛的弗里斯港。渔线危机之后,我们俩都警惕了许多。虽然在海上航行本就不可能一帆风顺,但能避免的意外还是得尽量避免,正所谓"吃一堑长一智"。

这一路,老顾吐得昏天黑地的,在码头休息了整整一夜也没能彻底恢复过来——不光是晕船,夜航也让他吃不消。刚结束的两天一夜的旅程,是我们人生中的首次夜航。

我不知道其他季节在波罗的海夜航是什么感受。但我确定的是,在春寒料峭的 4 月份夜航,还是非常煎熬的。入夜后,海上气温会骤降到 0 摄氏度左右,我和老顾每 3 个小时轮一次班,顶着冰冷刺骨的潮湿海风驾驶大白。其实,像我们这种远距离的帆船航行,必须穿专业航海服,就像陆地户外运动需要穿冲锋衣一样。更何况,海上的条件远比陆地恶劣。

海上的气候瞬息万变，前一秒还是晴空万里，下一秒就突降暴雨冰雹。驾驶帆船的人不得不长时间暴露在甲板上，持续经受海风的吹袭和雨水海浪的侵扰。身体一旦被打湿，就会在海风的作用下迅速失温，而且海水具有腐蚀性，对人体造成的伤害比雨水更大。不仅如此，紫外线的照射也是全方位的，包括来自太阳的直射和海面的反射，所以长时间航海时，最好还是佩戴护目镜保护双眼。但是一套专业航海装备算下来可能要花费20000～30000万元人民币，对我和老顾来说太贵了。

眼下只要能满足保暖和防潮就行。

我一共穿了3层衣服。最里面是厚保暖衣，中间是连体羽绒服，最外层是一件连体防水服。这件防水服其实就是钓鱼服，不过它既能防水又能挡风。如果还冷的话，就在最外面再罩一件厚外套。

老顾比较惨。刚上船时，他穿的是毛衣，浑身漏风，走了没多久就挺不住了。船上有一件我从淘宝买来的荧光服，他翻出来套上，可海风总是能从缝隙钻进去。最后实在没办法了，他只好弄了条毛巾剪成几截，紧紧裹住手腕和脚腕。

冷都还是其次。

我们走的是一条非常繁忙的货运航道，许多万吨级的巨轮就在伸手不见五指的黑暗里悄无声息地穿梭，非常危险。

图 1—16　寒冷的北欧海航

货轮速度很快,能达到二十几节,大白的航速只有几节,还没有安装雷达,探测不到周围的船只。我和老顾只能片刻不停地站岗盯梢,生怕看漏一艘船,就会落得个被撕成碎片的下场。

跟斯德哥尔摩相比,厄兰岛要温暖一些。我们预计在这里停留一整天,好购买下个航程的物资,再找人来维修一下大白的深度计。

一大早,我们先给船加满油、接满水,又把甲板清洗了一遍;趁着码头有电,我炒了很大一锅耐放的肉臊,还卤了满满一盆排骨和鸡胗,船上暂时没安装燃气,我打算到德国

图 1—17 厄兰岛广场上的巨型公鸡装饰

之后再买。接下来又是几天几夜不间断的航行,船上必须备足食物。

料理完这些事情,我和老顾去超市买水果蔬菜和日用品。在瑞典我最喜欢去 ICA(北欧最大的零售品牌)超市,虽说规模不算大,但品类齐全而且商品比较精致,尤其在打折的时候很划算。瑞典蔬菜比较贵,我们逐一对照价格。

大白菜 20 元瑞典币左右,折合人民币 6～7 元 / 斤(以下均为折合人民币的价格);

猪肉 20 元 / 斤;

土豆 4～5 元 / 斤;

牛肉 50 元 / 斤；

大蒜 4 元 / 头。

最后，又买了一大桶食用油、一瓶洗洁精、几盒全脂牛奶和一些蔬菜回到船上。

下午 5 点多，维修工人马丁来给大白维修深度计，顺便帮我们通了淋浴头。

天气预报说，未来两天，波罗的海有局域风暴，风力最大可达到 12 米 / 秒，不适合航行，风暴过后的一周时间将会非常适合航海。我们计划明天凌晨出发，争取赶在上午 11 点（起风前）到达厄兰岛南部的码头，之后再等待合适的时机去往德国。

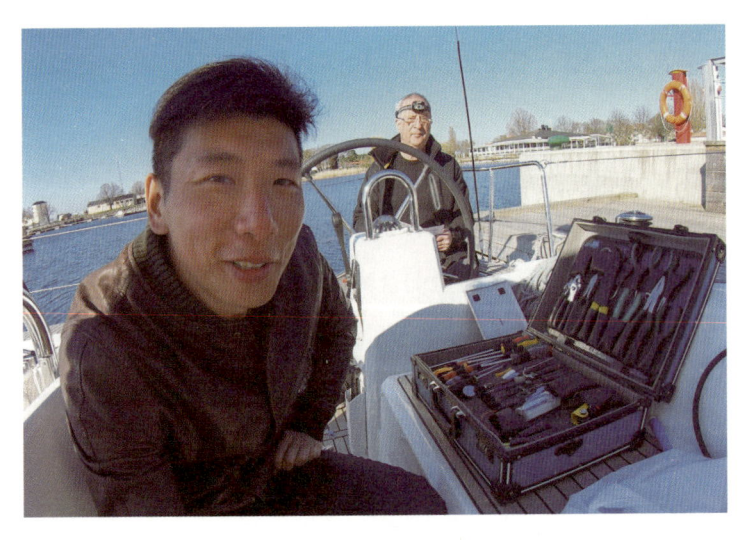

图 1—18　我和维修工马丁

4月23日凌晨3点17分，我和老顾离开弗里斯港南下，2个小时后，顺利穿过连接厄兰岛和瑞典主陆的厄兰岛大桥；上午10点刚过，风速7米／秒，大白航速达到了前所未有的7.3节，船体出现了一定的倾斜，这是完全正常的。可以把帆船想象成一块大型冲浪板，我们就在用它冲浪。在海上跑了这么多天，大白终于表现出帆船该有的样子了！老顾把音乐打开。乘风远航，耳畔响起那首20世纪90年代的经典老歌——《水手》。没想到，独属于水手的浪漫，竟真的走进我们的人生中，何其有幸。

风速超过9米／秒时，船倾斜得愈发厉害，我们把主帆降了下来。帆船是不倒翁设计，简单来说，就是重心很低，即便在大风大浪中也不容易侧翻。但不容易发生并不代表不会发生，前几天的经验告诉我们，谨慎一点总没错。

在厄兰岛南部仅停留了两天，我们又再度出发赶往下一站——德国的费马恩岛。其实，关于要不要这么着急赶路，我和老顾发生过争论，因为近段时间海上都不平静，老顾建议再等等，可我觉得没必要。波罗的海天气变化莫测本来就是常态，只要尽早出发，像之前那样抢在雷暴到来之前进港就行了。老顾拗不过我，只好同意了。

4月25日凌晨4点，我们再度起程。离港的时候就不太顺利，船总被洋流推回码头，到了海上，风更厉害了，浪高竟然高达2米。我握紧舵盘，密切关注风跟帆形成的夹角。

驾驶大白轧着海浪疾驰，湿凉的海风在耳边呼啸而过，还真有点腾云驾雾的感觉。

这才叫航海嘛！然而，老顾受不了这忽上忽下的颠簸，趴在船边狂吐。

3个小时之后，风浪趋于平缓，想必我们已经顺利穿过暗流涌动的海峡区域，进入深海了。风有点怪，时大时小，捉摸不定。

第二天一早，我们进入丹麦海域。不远处，出现很多渔

图1—19　风浪中航行

船，老顾松了口气，说："终于不孤独了。"从后半夜起，一直是他在值班，为了让我多睡会儿，他独自在黑暗中航行了4个多小时。这段时间，老顾一直很遭罪。虽然我们已经航行近一周了，但他晕船的症状丝毫不见好转，每天都吐。即便这样，他也尽可能多地为我分担航行任务，非常辛苦。

老顾和我不一样，来北欧之前，他基本就没怎么坐过船。除了跟我一起在毛里求斯开过一年旅店之外，其余时间都待在成都，跟家人在一起过着平稳的生活。也就是在毛里求斯的那段时间里，他跟我一样爱上了大海，所以这次我们才相约一起来欧洲航海。只是真正的航海生活跟想象中的差别还是太大了，有太多东西要学、太多东西要适应，身体只是首当其冲的关卡而已。我因为提前在美国培训了半年帆船驾驶技术，所以适应能力比老顾好一些，然而，像看风、看潮汐，研究气旋洋流，细到时间安排、每个码头的制度、各种电台的使用、发动机构造等，都是开启航海旅行之后才领会到有多复杂。不过，一切才刚开始，慢慢学吧。这不就是当水手的乐趣吗？

我接替老顾驾驶帆船，直到下午5点，我们终于进入丹麦和德国之间的公海了。晚些时候海上会刮偏西北风，正好帮我们更快抵达目的港。一切顺利的话，最快明天下午就能在德国码头靠岸。

说不定，我和老顾还是"唯二"穿越波罗的海、驾驶帆船从瑞典到德国的中国人，仔细想想还挺自豪的！

6点刚过，天色变得异常昏暗。厚重的乌云压在头顶上方，一直绵延到远处。掏出手机发现有信号，我赶紧查看天气情况。卫星云图播报，离我们3个小时左右的地方刚形成了一团雷暴。我们此时正好走到航程中段，前后都无法靠岸，别无他法，只能想办法绕过雷区。

风速在明显加快，大白越来越颠簸。老顾坐在甲板的长凳上，紧紧地盯着前方的一片混沌。此时的能见度非常低，只能隐约看见左右两边前面的海面上都有巨轮的影子。仪表显示，风速已经接近11米/秒了，我们又把帆全部撤了下来。头一次在海上遭遇雷暴，也不知道接下来会遇到什么情况，

图1—20　海上闪电

总之千万别落水。我用安全绳把自己限制在甲板区域，防止被甩下去。如果待会儿情况变得更糟，就必须让老顾先进船舱躲避了。

周围很快就黑得伸手不见五指，不是因为到了晚上，而是乌云把光全都隔绝了。电光在云层里危险地移动，伴随此起彼伏的恐怖雷声。

海上下起了暴雨。

老顾把身上唯一一件防水荧光服脱下交给我，他则是扒住船舱的边沿，帮我瞭望四周黑暗中无声穿梭的巨轮。

然而，什么都看不见。

船上仅有三盏警示灯。我们拿出两盏，分别装到船左右两侧，全部调成红蓝爆闪模式；我头上戴一盏当头灯使用。既然看不到别人，就尽量让自己醒目点吧。再次加固安全绳，能做的都已经做了。冰冷的雨水混着拍上甲板的海水，顺着领口、袖口和敞开的裤管扑进来。紧握舵盘的手裸露在外，很快就被冻僵了。

时间进入深夜，雷暴丝毫没有要停歇的迹象。风速已经超过 15 米/秒，浪高近 3 米。荧光服里面全都湿透了，冰冷地包裹身体。我的双脚随着船每一次跃起都离地十几厘米，再跟着船的每一次坠落，重重地砸回地面，身体都不是自己的了。老顾已经躲进船舱，里面没透出一丝光亮，整个世界好像只剩头灯所及的半米见方，其余全是黑暗。马达早就开到最大，可船到底动没动？我不知道。

什么也看不见。除了闪电从四面八方劈向海面时，刹那间的巨亮——从没见过这么粗的闪电，大白近 20 米高的桅杆暴露在海中央，完全是明晃晃的引雷针。整艘帆船好像是一个纸盒，此时正有双看不见的巨手抓着盒子疯狂甩动。脑海中出现一个孩子攥住玩具使劲甩的情景，突然我的心被另一种恐惧揪住——小七还在家，她连爸爸都还不会叫呢……

每一寸地方都在噼里啪啦狂地作响，震得脑子发木。手完全被焊在舵盘上，早就没了知觉。谁知道这船还能撑多久？不是被大浪给拍散，就是被不知从哪里穿出来的巨轮碾成碎片。这么冷，真的不想死在这个地方。

图 1-21　女儿小七

我回想着成都的家里温暖干爽的氛围,回想着怀里抱着小七时那种暖呼呼的感觉,至少心里感觉暖和了一点。我意识到,恶劣天气不会一直持续,只要再坚持几个小时等雷暴减弱,一切都会转好的。帆船不会轻易翻覆,我们更需要提防的是黑暗中的巨轮。

我重新打起精神向四周的海面搜索,心想等这次安全靠了岸,一定要给大白装上雷达。航海计划也要认真地重新做,再也不能这样胆大妄为地赌运气了。

不知道过了多久,雨点变得稀疏,风力有所减弱,黑暗也慢慢减淡。一看表,已经到了第二天的凌晨4点了。我掏出手机搜索,查到离我们最近的一个码头在德国,开过去大概需要3个小时。我把马达开到最大,径直朝码头方向疾驰而去。

4个小时之后,我们抵达码头附近,可没想到的是,这座码头太小,大白根本停不进去。海面上没有浮标指引,岸边也没有工作人员,没办法,我们只能绕到附近的大块岩石背面先抛锚,稍作休息。岩石阻挡了大部分的风,船终于稳定下来。我差不多是被安全绳绑在船舵后面,全身使不上一点力气,胃里一阵一阵地犯恶心,费力地松开双手,手指还是保持着把舵的形状,根本就伸不直。老顾支在船边上,一张脸煞白煞白的,嘴唇比脸还白,只有两只眼睛是通红的。他从上到下都在发抖,我从没见过他这副样子。

天在一点点变亮。避了差不多 3 个小时，外面的狂风才渐渐平息。阳光穿透云层，周遭的一切变得清楚可见。

船舱里则是一片狼藉。老顾说，昨晚他在船舱里把能求的神全拜了一遍。我不知道还能说什么，只是眼泪止不住地往外涌。

这跟我在美国学开船的情形完全不一样。在海湾里的大多时候都是风和日丽，让我误以为航海完全可以是舒服惬意的，也因此下定决心买了船，说服老顾跟我一起航海。我真的没想到旅程刚开始，我们就差点因为恶劣的天气而丧命。

唉，可能这就是经历吧，凡事总归要经历。经历过、记住了，就足够了。

图 1—22　雨过天晴

大白的油箱已见底，我们只能借助风力往下一个港口前行。等晚上靠了岸，一定要好好冲个热水澡，再煮两碗热腾腾的汤面。是真的撑不住了。结果就在距离目的港还剩不到30海里的地方，居然彻底没风了！海上升起浓雾，船像是被罩在一面大镜子上，纹丝不动，帆垂在那儿，只是嘎吱嘎吱地晃来晃去，根本撑不起来。折腾了一天一夜，我和老顾已经饿得头晕眼花。冰箱里只剩下前两天卤的菜，取出来整个冻成一坨，没法加热，只能放外面让太阳晒一晒，混着冰碴一起往下咽。老顾吃不下去。他本来胃就不好，加上严重晕船，已经三天吃不进什么东西了。

没想到这一等就是一天一夜。直到28日凌晨3点之后，才终于又起了风。我们俩赶紧爬起来整帆开船——只有20多海里，9点前肯定能到！

好在这一路的风都很顺，5个小时之后，一片非常大的海湾出现在我们眼前。远远地，就能看到细长的码头延伸进海面，还有岸上模糊的小房子，老顾的脸色轻松了不少。可船刚进湾区，就有一股非常强劲的风直冲着我们刮来，速度近10米/秒，是顶头风。码头在海湾的最里面，还要前行8海里才能到。如果冒风强行进港，就必须用马达，但大白的油只够6海里，走到半路没油了怎么办？

风还在死命地把我们往反方向吹。如果耗尽最后一滴油也没能成功靠岸，那时候才真是叫天天不应，叫地地不灵，太冒险了。我跟老顾说，不行咱们就去丹麦吧。

上午10点刚过，我们再次调整船头朝向丹麦。海上风速很快就达到了12米/秒，甚至还有攀升迹象。如果风速超过15米/秒，那就不得不收帆。这么强的风、这么凶的浪，关键是船还没油，这跟等死有什么区别？我感觉整个人都是木的，老顾已经吐得连酸水都没有了，整个人瘫在长凳上，脸上没有一点血色。我们两个人的精力和体力已全部到达极限，能不能活下来，说实话，谁心里都没底……

下午5点之后，天又暗下来。云在头顶聚集，浪越来越高，大白又开始大幅度颠簸。才刚受完十几个小时强风大浪的摧残，这艘小船响得像下一秒就要散架一样。我照例用安全绳牢牢捆住自己，把结打在胸前。和之前不同，这片海上从头到尾没看到一艘船，只有我们这一艘。我几乎都能看到死亡了，它就在船舷上，在我的左手边……

风向原因，无法直抵目的地，我们必须先往港口方向偏离30度角航行，等到达一定距离后再折返回去。我解释给老顾听，他却突然爆发了。他一把抓掉帽子扔在地上，冲着我歇斯底里地吼，要我无论如何都必须把船直接开进港。他说他女儿还小，他想回家……

老顾的女儿跟小七的年纪差不多，所以他的心情，我完全能够体会。只是想要安全进港，必须按我说的航线走。我知道他此刻什么也听不进去，只能默默地不再作声。

万幸我的判断没错。还剩最后 8 海里，用马达吧，管不了那么多了……

接近午夜，轰鸣声戛然而止，大白仅剩的油竟然刚好把我们送进码头。天还下着雨。老顾上岸系完缆绳就直接栽倒在地上，半个多小时没动。

第二天一早，我们补充了一些物资和油之后驶离丹麦码头，整个波罗的海的行程还剩最后 80 海里。阳光近乎奢侈地铺满了整个海面，海天相接之处列着几排洁白的风车阵，就像一张完美的明信片。看着这幅光景，我有种想哭的冲动，老顾的精神已经完全崩溃了，无暇关注任何风景。我们先到德国费马恩岛取上大白的注册文件，然后顺着基尔运河一路进入大西洋，彻底告别噩梦般的波罗的海。

此时，惊魂未定的老顾告诉我，他决定退出了。其实早在刚进丹麦码头时，他就想买第二天的机票从哥本哈根回国，我好说歹说才把他留下。航海本该是很舒服的，可老顾什么都没享受到，还毫无预兆地经历了一场噩梦般的死里逃生。我想，至少带他到阿姆斯特丹好好玩一玩再回去，那样我心里也能好受些。

前面的路还很长，如果能有个志同道合的好友结伴同行必然是件幸事，但航海途中危机四伏，生死难料，除非有不得不坚持的理由，否则随时选择退出，去过正常的、稳妥的生活，真的是无可厚非，这种事不能强求。

丹麦小码头和德国费马恩岛之间只有不到30海里，从出发到靠岸仅花了4个小时。两国国界线就在这片海峡中央。当然，海图上能看到这条线，但真正的大海上什么都没有。费马恩岛是德国的一个度假岛屿，岸边有很多酒店。沿着海岸行驶，看到一只天鹅在我们不远处游动——还是头一回在海里看到天鹅。老顾的心情已经平复了很多，还和我开玩笑，说这鹅炖了肯定好吃。

来费马恩岛是为了取大白的身份证——注册文件。帆船航行有规定，不同国家注册的船只在世界水域的航行范围是不一样的。为了方便航行，我把大白注册成了美国船只。这份文件本来是从美国寄到瑞典，结果正好错过时间；现在又被转送到德国，历经了长达40天以上才终于来到我手里。以后终于不用因为无证驾驶而担惊受怕了。

费马恩岛的码头停靠着很多小巧的德国私家游艇，我们在这里先停留半天，夜里12点后再去基尔运河排队。基尔运河是世界十大运河之一，欧洲最繁忙的航道，连接着波罗的海和北海。

2015年，中国海军152舰艇编队就是从波罗的海通过基尔运河进入德国易北河，随后汇入北海的，这也是中国海军舰艇首次通过基尔运河。

运河长约98公里，以帆船的速度行完全程大概需要10个小时。河里基本上是万吨级货轮，它们集中在夜间通行，因此小船只能白天通过。我很担心进河太晚或者速度太慢，会来不及赶到出口，所以我们半夜出发，大概第二天早上6点左右就能到运河入口排队，尽快进入河道。

30日早上7点，我们顺利抵达运河入口的附近。两名海警乘小汽艇开到大白边，指导我们前往河道入口的方向，如果途中有任何问题，都可以通过对讲机在12频段寻求帮助。随着继续前行，河岸出现在船的两侧，覆盖着精致植被和白色沙滩，不再是北欧了无生气的秃树和冰冷坚硬的岩石。老顾说气温已经是25摄氏度了，非常舒服。

运河的码头上有缴费办公室，旁边也有自动售票机，过河费是18欧元。买好票后，我和老顾把船开到离闸口200米左右的位置等候。岸边高高竖立着一盏闪着红光的指示灯，灯光变成白色就可以进闸了。顺利的话，晚上就能抵达另一端。

航行在运河上，两侧河岸跟着大白一同安稳地向前延伸，像是可靠的陪伴。岸上步道绵延，时不时地就能看见跑步或骑行的人，他们就在距离我们十几米开外的地方活动，这让刚航海归来的我很有安全感。自从进入德国境内，绿色突然多了起来，能看到树木繁盛、生机盎然的样子，好像直到那天，才发觉它们也是有生命的。说绿色是生命的颜色，这句话说得一点都不错。河水也是绿色，有时平静，有时荡起波纹。永远不用担心它们突然狂怒，掀翻船把你吞没。

一路上都很安静，大多时候只有海鸟和水流的声音。老

图 1—23　过基尔运河

顾的想法还是没有改变。想到以后的路可能都要自己走了，我有一丝失落，也有一些茫然。在很多人看来，**帆船航海也许是旅行、探险、体验，是人生路上的一道风景，可对我来说，它是我孤注一掷去赌的未来。**但它太另类、太冒险、太不务正业了，至少在中国，还没有多少人去做。经过波罗的海的生死劫难，我也不禁在想：这件事情真的应该坚持吗？有必要坚持吗？

到底什么才是正确的选择？

天黑了，我们终于抵达基尔运河的另一端——德国小镇布龙斯比特尔。波罗的海的行程彻底结束。

劫后余生的奖励

从布龙斯比特尔到下一站——德国库克斯港,需要取道大西洋。原本我们没打算多做停留,想直接冲进大西洋的,谁承想,刚出闸门就被海上的狂风大浪给逼了回来。刚从波罗的海的死神手中逃出来,谁也没勇气继续冒险了,我们留在小镇静待时机。小镇的人不多,生活节奏很慢,物价也很低,买20个鸡蛋才花了差不多20元人民币。听说想要衡量一个地方的物价,看鸡蛋价格就可以。我和老顾东转西转,寻找有意思的发现。

5月4日清早,我被船外噼里啪啦的响声吵醒,打开舱门发现正在下冰雹雨。甲板上一片星星点点的白色,看来昨晚还下了暴风雪。真没想到这里的天气变化这么大,雨雪冰雹说来就来,说停就停。天气预报说这一整天风况良好,我们准备6点出发,二度闯荡大西洋。

一脚迈上甲板,我差点滑倒。原来甲板上已经结了一层薄冰,岸上也到处是暴雪肆虐过的痕迹。冰雹雨很快就停了,太阳明晃晃地挂在半空中。我们早上先出闸试试,如果还是不行就等下午2点再来。反正不着急,安全才是第一位的。

6点30分,我和老顾进入闸里等候,这儿只有大白一艘船。铃声响起,通向大西洋的闸门缓缓打开,闸外停着一艘货轮,等我们出去之后它才会进来。随着两侧水域接通,我们站在船上明显感受到对面水流送进来的推力。港口里的风都只有2米/秒左右,一进大西洋立马飙到8.3米/秒,冰雹再一次不由分说地砸向甲板。虽说是顺风,海浪却激荡得很厉害,大白航向难以控制。不行,看样子还是走不了。我跟老顾对视了一眼都无奈地摇了摇头,再次掉转回港。难不成大西洋天天都这样?那还怎么走……想起港口里停了不少船,肯定有跨过大西洋的。还是回去找人问问,取取经吧。

回到泊位停好船,我想碰碰运气,去找其他海员。离我们不远处停着一艘挂着德国国旗的蓝顶帆船,就找他们吧。走近才发现船上还有一棕一白两条小狗,都是一身小卷毛,特别可爱。舱里坐了五个人,四男一女,正在喝啤酒、晒太阳。我上前和他们打招呼,说明来意。那位女海员名叫娜汀,英语讲得很好。她听说我选在早上6点闯荡大西洋,直说时机不太理想。"风的确不错,风速、风向都比较合适,可航海不单要看风,也必须关注潮汐,尤其是在这种河海交界水域，水流的情况更复杂。"娜汀告诉我，"这片海岸属于半日潮，也就是一天中潮水会涨落两次。"

现在是 5 月初，潮水在早上 8 点时会退到最低点，随后进入一个短暂的平潮期，我和老顾已经错过了。如果仍要出发，可以选在下午 1 点 30 分再走，那时的水面也相对平稳。

有经验的海员都会根据风向、潮汐、洋流、气候等状况，结合自己要去往的目的地找寻合适的时间窗，待各项条件都处于一个相对理想的状态时再出行，争取最大限度地保障航程安全和高效。聊了不到 1 个小时，我感觉自己就像是上了一堂专业航海课，这才体会到航海是门大学问。我懂的还是太少了。

听从了娜汀的建议，我和老顾下午 1 点后再度出发。码头

图 1—24　海员娜汀

里的风速已经达到 8.8 米/秒，海上怎样都不会低于 12 米/秒。不过，哪会有十全十美的条件呢？

一出闸，风力陡然强劲，可海浪情况跟早上完全不同——浪很平顺，大白行驶起来并不费力。所以不是风大浪就一定高，也不是有风有浪就一定阻碍行船。除却天气变化剧烈之外，运河—北海这段航线也十分繁忙，巨轮一艘接着一艘，极大地增加了行船难度。所幸是在白天，还是顺风顺流，我们只花了大概 2 个小时就通过了这段高难航段。我不得不感叹，北海天气实在太诡异了。我们正上方的一小片天空晴朗无云，而就在船左舷不远处正盘踞着 1 个低压气旋；右舷则更是夸张，居然汇集了 4 个裹挟暴雨的气旋！右后舷还有 1 个……这就是北海——全球航海地狱级副本。

一路上，风速都在 12 米/秒以上，海浪也总能达到 2~3 米高，总共 3 个小时的航程，冰雹就跟不要钱一样接连袭击了我们两次。好在总体来说还是很顺利的，我们平安地停靠进库克斯港，距此行的目的港——荷兰最近的港口，还剩最后 10 个小时。趁着泊船的空当，我跟隔壁船员聊了两句，听说明天会有高达 3.5 米以上的大浪，我和老顾决定，就在港口避风，等天气好转了再接着走。

晚饭还是意面。我翻出一瓶啤酒，既然不用急着出海，那就放松下来好好享受一下吧。当时我俩怎么都没想到，这座港口居然给我们准备了一份超大的惊喜。现在想来，这也许就是我们劫后余生的奖励吧。

第二天早上刚走出舱,就发现码头好像有什么地方不一样了。我定睛一看,岸边、岩石上、码头上密密麻麻的,居然全都是生蚝!水位降低了,原本藏在水下的它们全都显露出来。我早就听说过,德国和荷兰生蚝泛滥,可万万没想到能泛滥成这种程度。

老顾早已迫不及待地跑到岸边搞来两个,每个都有巴掌那么大。他用小刀撬开,露出里面白嫩的蚝肉。这样的山珍海味摆到眼前,居然都没人吃,简直是暴殄天物!对于我和老顾两个一天三顿全靠意面续命的"海漂"来说,这是多大的惊喜啊!

关于吃生蚝到底好不好也是有争议的,尤其是生吃。生蚝体内容易蓄积重金属,如果是生长在污染水域,吃了对身体不好。会不会是因为这些生蚝长在港口里才没人吃呢?不管了,我和老顾先尝一个试试毒,如果没怪味的话就吃呗。这不就是自己开船的好处吗?靠海吃海!我用小刀挑断两扇壳的连接处,就能轻易撬开生蚝。这蚝肉看起来晶莹剔透、个大肥美,卖相相当不错。直接嗦进嘴里,嚼都不用嚼,满嘴里都是新鲜的大海味道,完全不腥。太"巴适"了!进船舱拿出一个香槟桶和一把刮鱼刀,上岸开挖。

岸上全是不规则的岩石,走起来特别滑,生蚝就在岩石缝隙里藏身,几簇几簇地长在一起。蚝壳非常锋利,若是一不小心滑倒摔在上面,肯定是一屁股血。老顾先抵达水边,我提着桶跟在后面。眼前的生蚝密密丛丛、挤挤挨挨,一个比一个大,它们跟岩石融为一体,牢牢地扎在泥里。老顾已经蹲下开干了,我在后面用桶接着,根本不需要动手,不到一分钟就抓满了一桶。

"老顾,先运回船吧,明天再挖。"

老顾回到船上处理生蚝,我去另一艘船上串门。这是一艘Beneteau(博纳多)46.1,船主是两位年长的德国海员,他们的目的港和我们一样,也是阿姆斯特丹。我想去取取经,如果能相伴而行那就更好了。

两位海员分别叫阿诺和克莱森,都有着20年以上的海

图1—25 肥美的生蚝

龄，经验特别丰富。阿诺取来海图，在上面为我指出他们的航行路线：他们的计划是周四出发，先乘易北河的水流北上前往黑尔戈兰岛，绕岛后转向西南，下行穿过黑尔戈兰湾直至博尔科姆。他们的航线拉得比较长且要进入北海，这对我和老顾两个菜鸟来说，难度实在是太高了。我还是打算按原计划沿海岸线走，进入荷兰海域后直接转进运河系统，驶往阿姆斯特丹。商讨完毕，我们约定周二下午2点一起出发，预计同行3小时后再分开。

这就是海员之间的相处模式。不管大家从哪里来到哪里去，停在一座码头时就会互相拜访，听听彼此的故事、交流海上的消息，许多航海经验都是在这个过程中传递和积累的，当然，还有友谊。如果目的港同或者顺路，几艘船也会结伴而行，船与船之间通过VHF（甚高频，即高质量广播的无线电波段）联系，既抵消了海上的孤单，也加强了安全性。同行一段再分开，继续各自的旅程，有缘的话未来又在某处重聚。

聊完天回到大白上，老顾已经把生蚝处理妥当，层层叠叠摆在餐盘里了。切上几片鲜柠檬去腥，再配上一瓶21年的威士忌，主食是清水煮土豆——高端的食材只需要最简单的烹饪方式。正好阿诺和克莱森从码头路过，我请他们上船一起用餐，一看有威士忌，两人也就不推辞了。

大家都倒上酒，我说能遇见他们真的很幸运。回想起一路上受到这么多的帮助，感觉很温暖。两人回答得很干脆：We're all sailors（我们都是水手）！

不错，We're all sailors！

克莱森说他们航行过很多地方，大西洋、北海……不过去过最多次的还是波罗的海。提到波罗的海，我和老顾心有余悸。一个只学了半年船，另一个毫无经验，居然就敢直接闯入波罗的海，简直是不要命。

"不过那又怎么样，我们还不是做到了？"

"干就完了！"

德国大叔："对！干就完了！"

"干杯！"

阿诺和克莱森说，航海这么多年，还是头一回遇到中国人干这个，很了不起。听说我还专程去瑞典买的船，他们觉得很稀奇。我跟他们简述了一下大白无比波折的命运：当初辛辛苦苦从法国拖到瑞典参展，然后被我这个中国人买下来注册成了美国船只，现在又要被重新开回法国去。

大叔听完笑得很欢乐。

在库克斯港停留的最后一天，我和老顾挖了满满两大箱的生蚝，码头都变成我们的临时加工厂了。弄这么多是准备邀请港口的工作人员与当地人一起品尝美味——生蚝尚未过季，正是肥美的时候，他们虽然生活在这里，但对这眼皮子底下的美味视而不见，实在是可惜啊！

我们把生蚝处理妥当，切了几个刚从超市买回来的柠檬，端去送给码头办公室的工作人员。一位德国大姐正在值班，看到我端着生蚝进来，很是不解。听说我请她吃生蚝，惊得一愣一愣的。过了好一会儿才笑着推辞说自己不吃海鲜，不过她把同事叫过来品尝。她的同事是一个非常有范儿的老大爷，之前在法国吃过生蚝。他尝了一个，连连称赞："非常棒！"还说自己每天上班时都能看到港口密密麻麻的生蚝，却从没想过弄上来吃。

得亏这些生蚝是产在德国，要是换作在法国或者中国，早被吃成濒危物种了。这不就是航海的乐趣吗？每到一个新地方，试试当地最新鲜的食物、接触当地最有趣的人。Work hard, play hard（活尽兴，玩尽兴）。

图1—26　和码头工作人员共享美食

帆船生活体验者

5月7日一早，我和老顾整好行装，继续向阿姆斯特丹进发。阿诺和克莱森因为另有安排没能同行，有些遗憾，好在接下来的航程只需要沿着海岸线走，到荷兰就直接转入运河，会很安全。

天气越来越暖和了，我们给大白的长凳铺上了坐垫，摆了几个靠枕，可以安逸地坐下来晒晒太阳、欣赏沿岸的美景了——这才是帆船之旅该有的样子，舒适平稳，而不是搏命。

荷兰的水道很复杂，途中我们求助一位叫马克的船主，他详述了经由荷兰运河前往阿姆斯特丹的路线，并让我们跟在他的船后走。一直同行到一个岔路口，马克要上北海前往法国南部，我和老顾则继续向西驶往阿姆斯特丹。预计再走一天一夜就能到了。

荷兰被称为"运河之国"，全境遍布水道、四通八达；

许多城镇都是依河而建，如诗如画、风景绝美，多克姆是我们运河之旅途经的第三座城市，也是我去过30多个国家里最精致的一座小城，岸边是一户一户私家小院，每幢房子都修得别具匠心。后院直接延伸到河边，院子里摆放着花园椅、阳伞和烧烤架，一草一木都由主人精心栽种、修剪，河里则停放有自家的小艇或船屋。能感觉到他们在不紧不慢地用心生活。

图1—27 岸边的小房子

欧洲人的旅行观念也跟我们不太一样，我遇到过好几对退休夫妻，他们用工作大半辈子攒的钱买下一艘小船（常常是二手船），两个人开着船四处周游，享受自由自在的退休时光。荷兰也有不少人一辈子都住在船上，我们就遇到过一个已经在船上生活了20多年的人。不过这么美的地方，住在船上好像也不赖。帆船行者中也有很多以船为家的人，我感觉他们才是真正的"生命旅人"。

小城悠闲静谧，首都则是热闹繁华。经过两天两夜的航行，穿过三十几座大大小小的桥梁，我们进入荷兰首都阿姆斯特丹的水域。两岸的风景从山水田园过渡成一栋栋城市建筑，运河几乎代替了公路，成为这座"北方威尼斯"的交通要道。河道非常繁忙，各种船只来来往往，有私家小艇、游船，还有专供河上娱乐的船。有一种船是专门用来在河上开派对的，里面一圈都是铺满坐垫的长凳，船头还可以当床躺，中央有1～2个操作台，可以存放酒水、做点简餐什么的，看起来特别安逸。这次我特意选了一个非常靠近城里的码头，不管想去哪里都很方便，顺着河道一路往里，我们开着大白慢慢地进入老城。

在阿姆斯特丹，大白也迎来了第一波"帆船生活"体验者——佳佳和丽丽，接到她们，咱们的生意就算开张了。佳佳和丽丽都是我的老朋友，之前我们结伴去过很多地方旅行。

图1—28 阿姆斯特丹码头

这回她们听说我来欧洲搞帆船，马上就报名参加。

"帆船生活体验"是我一开始决定做帆船航海时就考虑到的赚钱方式。我跟苗苗商量过，买了帆船以后，还是结合我们俩的从业经验，继续做旅游。帆船既是交通工具，又可以作为旅店，这本身就是一个体验项目，我可以通过开着帆船带游客跳岛、潜水等方式赚取收入，以此养家糊口；此外，我用GoPro（极限运动相机）把自己的经历记录下来发到网上，也能赚到流量费和广告费，这是我的另一个营收途径。

为了搞好这次的生意，让佳佳和丽丽在帆船上的生活更巴适，老顾不辞辛劳，万里迢迢从成都背过来一套粉色的女士专用四件套，一上船就把客房布置得很温馨。这几天，我们就要去好好感受一下最阿姆斯特丹的生活。

什么是"最阿姆斯特丹的生活"呢？我第一个想到的自然是船屋。其实，一路从运河走过来，我们看到过不少船屋，它们算是一种颇具当地特色的生活方式。关于船屋的起源，要追溯到20世纪50年代，由于阿姆斯特丹的住房资源比较紧缺，市政府就宣布了船屋的合法存在，一直延续到了现在。现如今，阿姆斯特丹的船屋基本上都有了自己的固定地址，有的用于自住，有的则改造成了民宿或餐厅，供游客体验。

在我们停靠的码头附近，正好有几个居民自住的船屋，它们挤挤挨挨地停靠在一座桥边，有四五艘的样子。这些船屋都是由大船改造而成，平均近20米长，按宽4米算的话，一个船屋的总面积能有80平方米。我敢肯定，它们已经在此处停留很长时间了，因为与之相连的岸边空地都已经发展成了院子。院子里摆放着好几套餐桌餐椅、不少由木板钉成的大盆中生长绿油油的蔬菜；有几张吊床、一个传统的烤面包炉，竟然还有一个微型的玻璃暖房。船屋的主人们正坐在船顶晒太阳，即便生活在船上，在他们的身上也看不出任何局促。

在码头上，我还认识了一个叫埃文的兄弟，负责看管几艘游览船。埃文不是本地人，他选择离开家乡，来到欧洲谋生，最后留在了阿姆斯特丹。在这里他有一个合法的身份，有政府补助的住房和一份稳定的收入，但没有妻子儿女在身

图 1—29　运河边随处可见的船屋

图 1—30　举办派对用的小船

边，我很庆幸自己生在了中国。

13日，我们四个人一起在大白里吃了旅行中的最后一顿火锅，老顾就要回国了。第二天早上8点多，我把他送到阿姆斯特丹机场，在安检口前互道祝福后挥手作别。虽说才一起航行了不足1个月，但共同经历过波罗的海和北海的狂暴摧残后，我俩已经是过命的交情了。

回到码头，我开船带佳佳和丽丽去往比利时的首都——布鲁塞尔。5月正是欧洲旅游的黄金时段，天气非常好，我们跟一艘豪华游轮并行着驶出港口。

从荷兰开始就需要经过很多水闸，两个妹子顶了水手的

图1—31 一起吃火锅

空缺，一路都在帮我固定船只，进码头帮忙泊船，河况不错的时候甚至还能掌个舵，特别给力。下午 5 点多，我们抵达鹿特丹的游艇会，这里是离布鲁塞尔最近的一个码头。拿齐行李后，三个人一起租车前往目的地。

如果说荷兰给我的印象是诗意的，那比利时就是充满活力的，首都布鲁塞尔号称"欧洲的十字路口"，汇集了来自各国各地的人流，尤其是年轻人居多。大广场附近有很多家酒吧会营业到很晚，所以这里算是一个不夜城，更幸运的是，我们竟然刚好遇上当地无比盛大的狂欢节。

到布鲁塞尔的第二天，我们去游览大广场，发现路上随处可见兴高采烈的人，大街小巷也悬挂着写有 pride in Brussels（布鲁塞尔的骄傲）的小旗。询问其中一位当地人才知道，原来他们在庆祝布鲁塞尔举办的狂欢节。到处能看到花样百出的装饰品，彩色旗帜挂在建筑物之间、铺在店铺门口、披在人们身上，还有五彩斑斓的气球、鸡尾酒、花环……我们来到一家卖酒的摊位前，摊主说，在 2 点左右，游行的队伍会经过这条街道。现在时间还早，我们每人点了一杯鸡尾酒在街边等着。酒吧门口的音响播放着有节奏感的音乐，游人越聚越多，很多人都在摊位前合影。

1 个小时之后，开道的警车从街头慢慢开过来，有节律的鼓点和哨声跟着传来，游客们纷纷举起手机和相机拍照——游行的队伍终于到了。哨声响起，他们刚好走到我们跟前停下，人群中响起欢呼和掌声。

游行队伍由几十个方阵组成，每个方阵都有各自的装扮，打头的女郎从妆容发型到礼服首饰都极尽华丽，脚踩十几厘米高跟鞋，风情万种。她们面对镜头自信地展示自己，每个人都把魅力发挥到了极致。先头部队过去后，一辆改装过的卡车载着一支花花绿绿的乐队开过来，放着超大分贝的流行歌曲，车尾有DJ打碟，场面直接嗨爆。我们混在车后的狂欢队伍里跟着走。

狂欢节最初起源于中世纪的欧洲，是指人们在为期40天的大斋期之前要先举办3天的狂欢活动。在那之后，世界各地出现各种各样的狂欢节，有庆祝丰收的、庆祝胜利的、庆祝各种节日的。节日期间，所有人丢掉身份和伪装，丢掉包袱和烦恼，只管纵情欢乐。

这几天，我心里总绷着一根弦：老顾已经回国，佳佳和丽丽马上也要回去了，之后的航行只剩我一个人了。不管是经验，还是精力，我都将面临巨大的挑战。周围的人群情绪越来越高涨，我也不想再继续担忧，无非是兵来将挡，水来土掩，小心驶得万年船。

所有人都在尽情地享受庆典。在街中间穿行，不停地有人来邀请我们共舞——在这样的庆典中，看到外国面孔让他们格外高兴，人与人之间的生疏和隔阂在这几个小时中完全消失。没想到我们竟然在布鲁塞尔蹦了一场野迪，原来快乐

图1—32 狂欢节

真的可以不用花钱。

19日,我把佳佳和丽丽送到机场,自己则是回到酒店短暂休息。回想起来,从斯德哥尔摩出发到现在不过短短一个月的时间,却感觉已经过了很久。这一个月里,每天不是在航海,就是在去航海的路上,就算夜里也几乎没有好好休息过。突然一个人待着,才感觉到积压在身体里的疲惫。

不过,人生中总是有些日子需要一个人度过,也许孤独才是人生的常态吧。

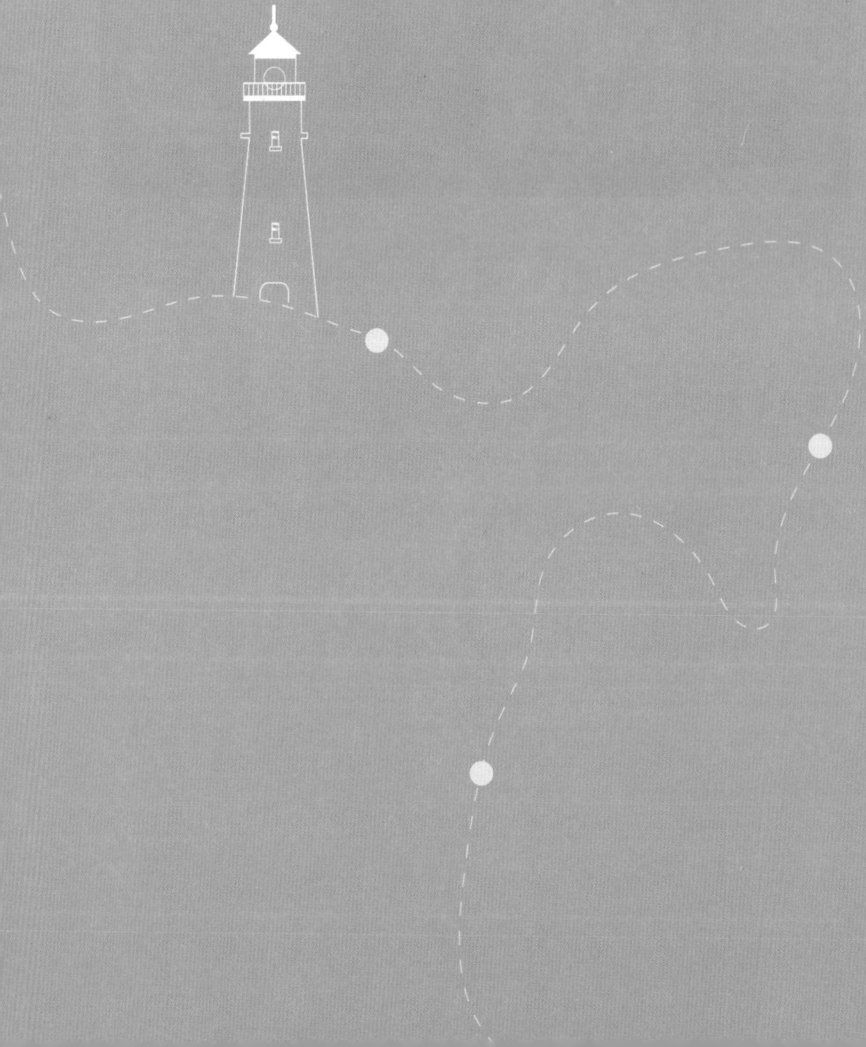

Part 2

挺进大西洋

独穿英吉利海峡

5月22日清晨,我驾船驶出鹿特丹港,正式开始独自一人的航海旅程。水里掠过一只白色水母。继续往前,水母越来越多。这些家伙从远处看过去,有点像小号的塑料袋,中央是四个白色小光圈。它们在阳光下会折射出漂亮的柔光,一圈圈细细密密的触须像绒毛一样,在水里一呼一呼的。

大白还没安装自动舵,我不得不时刻守在甲板上,吃饭也只能抱着锅坐在舵后面。不过,最痛苦的还是过水闸,自从进了大西洋,水闸就超级多。船进闸后水位变化会很大,其间会有非常强的水流冲进闸里,为了避免船被冲走或者与其他船只相撞,必须用绳子把船牢牢地固定在水闸一侧。这个操作通常需要三四个人共同完成,可现在大白上只有我自己,每次都是跑到船头就顾不了船尾,跑到船尾后船头又歪了,忙得焦头烂额。

离开比利时之前的最后一站是布鲁日，过去之后就到了法国加莱，这里也是英吉利海峡的起点。之后很长一段航路都要独自一人完成，说不焦虑是骗人的，但我没有退路，只能硬着头皮往前行。我的方案是沿海岸线航行，白天赶路，晚上靠岸，先穿过英吉利海峡再想办法。

英吉利海峡是将大不列颠岛与欧洲大陆分隔开来的一片浅海区域，起于法国加莱，全长 302 海里。若按照每天航行 12 个小时来计算，完成全部穿越，大约需要一周的时间。但我不打算那么赶，能跑多少是多少。

24 日晚上 10 点，我抵达了加莱港，周围漆黑一片，只能在头灯的照射下摸索前进。好不容易进了码头，却没看见用来拴船和分隔泊位的浮桥。这怎么停船啊？不会是要靠抛锚吧。第一次遇到这样的情况，我也顾不得晚不晚了，呼叫指挥台询问，他们告诉我需要用浮球固定船只。我在水里照来照去，捞起一颗浮球，费了好大的劲儿才终于把船拴好。

简单休息一晚后，我继续向海峡进发，天亮后才发现，加莱港还是很漂亮的，完全没有半夜入港时感受到的阴森可怕。夜里入港实在是一件非常麻烦的事情，什么都看不见，最怕一不留神撞到什么障碍物，而且由于没有经验，到港前我并未提前向港口报备，也引起了一些小麻烦。以后还是尽量赶在太阳落山之前进港，并且提前报备才最稳妥。

加莱不仅是英吉利海峡的起点，还和英国的多佛尔构成海峡最窄的部分，两岸仅相距34公里，是众多游泳挑战者横渡英吉利海峡的最佳位置。横渡英吉利海峡可以说是对选手综合素质要求最高的游泳项目，据说成功率只有13%。这可不只是做长距离游泳那么简单。

在海洋中，最不容忽视的力量就是潮汐。潮汐平均每5~6个小时变换一次，水的流向也跟随每次变换而调转方向，不断变换的水流把人冲来冲去，虽然海峡间只有不到20海里的距离，但换算下来，人相当于游了50多公里。不仅如此，持续受到水流的强力推拉，甚至是撞击，不仅严重消耗体力，还会对身体造成损伤。听说1926年第一位成功横渡英吉利海峡的女性，上岸后浑身上下都是青肿的，足以见得水流的力量有多可怕。

潮汐之外，还有严寒。英吉利海峡平均水温13摄氏度左右，属于低温。人在低温状态下非常容易出问题，何况还有天气、身体情况等可预料和不可预料的因素。

总之，能在如此恶劣的条件下游泳横渡这段海峡，我真的很佩服他们。想到此处，我也不禁去想，迄今为止，不知道有多少中国人驾帆船穿越过英吉利海峡？

午餐是生菜夹卤牛肉，虽然简单了一些，但味道很棒，或许是在海上吃啥都香吧！

下午开始下雨，本就不暖和的天变得更冷了。天气预报说，明后天的天气都不怎么好，所以入港后，我打算休整两天，顺便游览一下勒特雷波尔，尝尝当地的海鲜。法国西北部虽然没什么特别大的旅游城市，但海鲜的味道相当不错，量大实惠、品质也特别好。

离码头大概还有 12 海里，水流从逆流变成了顺流，速度 5.5 节还在慢慢地回升中，预计日落前就能抵达码头。一想到摸黑进加莱港的经历，仍让我心有余悸。

左舷开始出现绵延不断的白垩岩海崖，崖壁在阳光的照射下白得发亮，顺着蔚蓝的大海不断延伸，果真像《权力的游戏》里的绝境长城一样，隔绝蛮荒炼狱，守护着生生不息的人类文明。不过，此时的海上却没有一点蛮荒的样子——大白后面跟着一大群海鸥。我一手掌舵，一手把面包扯碎随手向后抛去，瞥见它们飞过来疯抢的样子，突然感觉好久都没有这么热闹了。

晚上 6 点左右，眼前出现一座十分特别的港口。港口两侧的栈道是由木头搭建而成的，长长地延伸进海中，大概是供游客看海的，岸边有耶稣受难的十字架和像古堡一样的建筑，隐约的音乐声传入耳中，到勒特雷波尔了！

我顺着奇特的栈道驶到码头附近，才发现闸门竟然已经关闭了，一瞬间，心就跌入谷底。大西洋的潮汐每 5~6 个小时涨落一次，潮差最大能达到 7~8 米，为了保证有足够的水深，港口的闸门会在退潮期间关闭，等下一次水涨起来再打开。我就是怕错过时间，还特意提前打电话给这边确

图 2—1　奇特的栈道

认他们几点关闸。可能因为双方语言不通吧，互相都没表达清楚。

　　退潮已经开始了，闸门前的水位几乎以肉眼可见的速度正在降低，我抱着最后一丝希望呼叫码头，请求他们为我打开闸门。此时，外海的风浪很大，如果不能进入码头，我会被独自困在海上。天色越来越暗，我不知道自己能不能应付这样的状况。

　　指挥台传来回复，不能开闸，他们建议我去下一个码头试试。

　　深度计显示，水位正以每半小时 0.4 米的速度下降。如果我继续待在闸口，大白很可能会搁浅。已经不能再等下去了，我一咬牙，掉转船头开了出去。天已经彻底黑了，风力还在持续加强。我在港口外的浅海中抛了锚，大白越来越颠簸。看来注定要度过一个不眠夜了。

1公里以外，码头上五颜六色的霓虹不停闪烁，人声鼎沸，特别热闹；而我在黑灯瞎火的海上跟风浪搏斗，胆战心惊。下一个码头离我所在的位置有15海里，并不算远，但此时刮着顶头风，原本3个小时的航程需要7～9个小时才能完成。先不提夜航有多痛苦，光是体力我也支撑不住啊。于是，我果断决定就在原地等待。

为了确认船没发生移动，我设好闹铃每半小时查看一次GPS（全球定位系统）。以防万一，我还联系了当地的海岸警卫队，告诉他们如果晚上遇到任何异状，我会立即打电话请他们营救。这是我能做的所有措施。就在这时电话响起，正是海岸警卫队打来的。他们说港口于凌晨1点20分可能会开门，但不能确定。不管怎么说也算是个好消息吧，至少我知道不用熬到天亮了。找他们要到港口管理员的电话，先睡会儿再说。

凌晨2点20分起来查看潮汐表，水位差不多回来了，已有2.5米了。我决定再开进去看看。即便码头还是不开闸，至少能在里面找个地方避避风也好啊，船实在是太晃了。来到闸口前，抱着试试的心态给管理员打了个电话，没想到竟然接通了。他让我稍等5分钟，待岸上的信号灯变绿后就可以进码头。我简直不敢相信自己的耳朵，离开前一定要当面好好感谢一下这位管理员！

勒特雷波尔属于法国上诺曼底大区，是座风景优美的海滨小城。这里最具标志性的风景就是高达110米的连绵壮观的白垩岩悬崖，据说吸引了不少艺术家留驻。26日一大早，我装好摄影工具和充电宝动身去城里闲逛取材，顺便找找海鲜市场。两只野鸭子在大白停靠的浮桥上捋毛，看到人也不知道躲，我只能从它们头上跨过去。

慢慢走，感受着当地浓郁的艺术氛围。跟随导览一直来到白垩岩的海崖下。从陆地上看这些海崖跟在海上的观感完全不同。海上远望，洁白的海崖连绵数公里，有种世界尽头的感觉，苍凉恢宏；但在它们脚下，看见它们与大地相接，更有种实实在在的魄力。不像山坡缓缓而上，这些海崖如同

图2—2　白垩岩海崖

图 2—3　陆地上看白垩岩海崖

被一斧劈开，直上直下。我想天神宫殿的城墙也不过如此吧。一侧是磅礴悬崖，一侧是苍茫大海，几个游客在这夹缝间观赏游乐。想想看，其实我们都是在大自然难得的耐心中繁衍生息。

　　上悬崖可以走步道，也可以乘坐免费铁轨。从悬崖顶俯瞰整座海湾小城、眺望英吉利海峡，风景绝美。其实，相比于巴黎这样的国际大都市，我更喜欢来这种小城，它们不急不躁且生活气息浓郁，让人感觉很亲切。

　　海鲜市场下午 2 点才开门，我先找一家小餐馆吃午餐。14.6 欧元的特推单人餐包含一份青口贝和一扎鲜啤，主食是法棍。青口贝是用大蒜和白葡萄酒调味，鲜得让人一吃就停

图 2—4　在白垩岩顶端眺望小城

不下来。我决定晚上就买生蚝和青口贝，自己做一顿诺曼底海鲜大餐。

海鲜市场的诺曼底生蚝 1 公斤有 18 只，12 欧元，1 公斤青口 4.5 欧元。伙计把生蚝处理干净后摆进装碎冰的泡沫盒子里，还附赠了两个柠檬。我把这超过 3 公斤的东西弄回船上。新鲜的诺曼底生蚝可以直接挤柠檬生吃，青口一半用黄油焗，一半用火锅底料爆炒，再来一瓶冰镇啤酒，仿佛瞬间穿越回了成都夜市，太安逸了！

勒特雷波尔是个有故事的地方。在这里，我度过了一个有惊无险的夜晚，又享受到了鲜美绝伦的海鲜大餐。生活不

图 2—5　海鲜市场买生蚝

就是这样吗？由一个又一个的故事组成。在旅途的下一站——法国小城费康，我遇到一位疯狂的瑞士人，在我还为帆船航海这件事困顿摇摆时，他竟然蹬着一艘仅能容纳一人的小皮艇，从瑞士一路航行到了法国。

超人泽西

费康码头是我见过最美的码头之一。蓝天碧海之间,白色海崖兀然伫立,小城就散落在上面。码头入口处依然是两排高高的木头栈道,一座灯塔立在尽头。不断有白色小游艇从码头里面开出来,船后翻起长长的尾浪。这幅景致一眼望去,就是一张现成的明信片。

停好船后,时间还早,我就乘坐 TER(由法国国铁运营的省际列车)前往距离费康仅有 1 个小时车程的鲁昂简单游览。鲁昂是法国第六大城市,诺曼底大区首府,人送外号"博物馆之城"。据说,这里每四年就会举办一次航海盛会,届时,世界上最漂亮的帆船都沿着码头相聚。

傍晚回到码头,我在船上整理内务,远远地看见水面上出现一个小点,缓慢向码头靠近。一些人也注意到了它,好奇地等它驶过来。几分钟后,一艘奇特的小船显出轮廓。它

图 2—6　费康码头

像是摊在水面上的板子，上面还坐着个人。小船继续靠近，我终于能看清了，好像是艘皮划艇？上面的人用脚蹬着小艇前进，就像骑自行车那样一直蹬到码头边。岸上有人跟他打招呼，他也热情地回应。我问他从哪来，他说他是从瑞士来的。

从瑞士一路把这小船蹬到法国？不可能吧……正好大白对面有个空泊位，我站在浮桥上引导他停进来。

这位疯狂的瑞士人叫泽西，他一路驾驶这艘小艇从瑞士顺河漂到荷兰，再从荷兰沿海岸线行驶到法国，大体路线跟我差不多。不过，看看他开的什么船，再看看我的，太夸张了吧。

他的船全长不超过 4 米，中间是坐人的，两侧是增加浮力和维持平衡的翼。船体跟两翼间连着帆布,可以放点不太重的东西。狭窄的"船舱"摆放得满满当当,从船尾开始,依次有防水行李箱、燃油桶、电力系统和"驾驶舱"(1个座位)。

泽西给我介绍小艇的功能分区:左翼跟船体相连的部分是厨房,右翼的橘色小桶是他的厕所,船尾是动力系统,引擎是他刚从中国购买寄过来的。

我问他卧室在哪儿,他说这个船上还真没有,晚上都是在码头搭帐篷睡觉。"做梦靠床,圆梦靠闯(Big dreams no more bed)。"泽西哈哈笑着跟我说。

图2—7 泽西的小艇

这是泽西的人生信条。我不知道这么小的一艘船能承受多大的风浪，可能稍不注意就会被掀翻，这一路的艰辛可想而知，难怪他在码头能受到英雄般的待遇。我找出老顾的那瓶 21 年的苏格兰威士忌，把最后的好酒全倒给他，泽西一饮而尽。我俩相谈甚欢。

回到船上，我发现桌上有张字条，是让·皮埃尔留给我的，我们曾经在这里相遇，他又再度出发了。英吉利海峡段的交通非常繁忙，再加上大西洋本身天气和洋流情况就很复杂，为了尽可能地多做准备，我常常在码头上跟经验丰富的水手们聊天，收集有用的信息，让·皮埃尔就是其中之一。他跟妻子一起旅行，给了我很多实用的建议。字条上有他的电话和邮箱，让我到了勒阿弗尔后给他打个电话，如果他刚好也在，就请我出去喝一杯。他让我存好他的联系方式，如果我遇到任何困难，都可以联系他。

这已经是我航海以来遇到第三次还是第四次了。每到一个码头可以跟海员们聊聊天，他们听说我竟然独自航海都非常震惊，说我这个中国人简直太疯狂了。聊天结束时，他们总会留下联系方式，说如果将来在哪里相遇，一定要一起喝酒。**这种感觉特别温暖。得到这么多人的善意，就应当把它传递下去，有时候，人与人之间的给予就是一种幸福。**我决定给泽西做顿简单的晚餐，让他在一整天疲惫的航行后能舒服一些。

泽西正坐在码头休息，我请他上船坐坐，他犹豫片刻就爽快地答应了。发现我对他的经历很好奇，泽西在手机上搜出最近发布的一条视频，是他的乐队在一个音乐节的现场演奏。

"所以，你是个DJ？"

"不，我以前在一家公司做高管，业余爱好是组乐队。"

吃了我做的三明治，泽西让我一定要尝尝他调的咖啡，保证这种口味在法国绝对喝不到。做法就是先用水把咖啡冲开，再兑上半杯伏特加。

我尝了一口，辛辣、浓烈，是硬汉的味道。好家伙，跟一个瑞士人喝咖啡，居然还喝出了梁山好汉的感觉！

图2—8 "超人"泽西

泽西贴身藏着一张照片,是他的两个孩子,看起来比我的小七还大一点。他说每次在路上熬不下去的时候就会看看这张照片,能给他巨大的勇气与力量,支撑他继续前行。如此看来,我们俩的经历还有点相似。

泽西还告诉我,他这趟旅程已经花了4万欧元,其实前一年他就试过一次,但由于时机不对,没能完成航海任务。如果这次再失败,那就明年再来,直到成功为止。泽西今年40岁,常理看来这个年纪划皮艇航海有些不现实了,如果换成20岁的小伙子,随便怎么折腾都没关系。但现在我的看法有了一些改变,虽然年轻力壮的确有优势,但阅历也非常重要,尤其在航海上。经历越丰富,内心就越强大,在大自然面前,盲目的勇敢只会招来危险,沉得住气才能走得更远。

比斯开湾惊魂

2019年6月3日，大白的第二位"深蓝行者"——深圳小伙儿尼克在法国勒阿弗尔跟我会合，因为接下来要在大西洋连续航行100多海里，尤其是要跨越素有"水手坟墓"之称的比斯开湾，我无法独自完成。正好尼克之前在学校培训过帆船，有一定基础，我们一拍即合，相约同行。

5日早上7点，我和尼克从勒阿弗尔港出发，一起完成英吉利海峡的最后穿越。一边航行，我一边教给他一些基础的帆船实操，到滨海卡马雷有300多海里，航行任务并不轻松，即便我俩为跨越比斯开湾提前热过身了。快速上手之后，我们执行3个小时轮班制，昼夜兼程，12日抵达法国西部的小城——滨海卡马雷。滨海卡马雷相当于比斯开湾的起点，也是所有跨越比斯开湾的船只集结点。

比斯开湾多风暴，而且一年中随时都有可能发生恐怖的

图 2—9　"深蓝行者"尼克

雷飑，因此颇有恶名。自大航海时代以来，已有上万名水手葬身其中。完成整个跨越需要 3 ~ 4 天，我们不急于出发，而是要耐心等待一个合适的时间窗——航海中的好天气不一定是指晴天，良好的风况、短期内不会形成较大雷暴等都是重要考量因素。我们需要尽可能地保障航行安全，同时要相对快速地跨越湾区。

在滨海卡马雷的第三天，我发现码头边停进一艘捕蟹船，船上有一老一少两个捕蟹人，年轻人叫米歇尔，年长者叫佐伊，他们抓的是蜘蛛蟹。随着渔网不断被机器绞上来，螃蟹接二连三地被兜进船里，两个人用小刀把纠缠的渔网刮开，取出螃蟹扔进一旁的大箱子，一个箱子已经装满了。

图 2—10　捕蟹人米歇尔

米歇尔今年 28 岁，做捕蟹人已经有 4 年的时间了。他说他在澳大利亚待过几年，以前是个车手。我问他：

"那你喜欢现在这份工作吗？"

"这不是工作，是我的爱好。"

我对捕鱼捞虾之类一直很感兴趣，问他们能不能带我出海观摩，我付船费。可惜的是，欧洲的捕捞规定很严格，渔人都需要取得执照。海上随时都有海警巡逻，一旦被发现私自带人出海，会被罚得很重。

我跟他们聊了很多，临走前，米歇尔送了我一只超级大的蜘蛛蟹，在市场里至少也要卖 20~30 欧元。不能白拿，我回船上找出最后一只从国内背来的头灯回送给他们。天气很

图 2—11　米歇尔给我的蜘蛛蟹

好,码头上还有很多人在钓鱼,一对老夫妇捕到两只螃蟹,也说要送我一只,但做人不能贪心,再说我已经没有头灯可送了。我抱着螃蟹回到船上,跟尼克物尽其用,搞了个一蟹三吃。

6月16日,机会来了。查询气象发现,前一晚,外海形成了一个很大的热带气旋,正在不断向湾区靠近。不过,它走势渐衰,基本上两天后就能散了,我们预计会跟它的尾风擦肩而过。从早上开始,就有船陆续离港,我和尼克着手最后的准备工作,打算中午11点过出发。

两口大锅里分别炖着香肠土豆和鸡腿,够我们在路上吃3天,另外还有面包和零食。一般来说,航海的干粮储备是预计航行时间的 2~3 倍，淡水则要 4~5 倍。大白的两只水箱全部灌满有 400 升，我们俩用一周都够了。听说那位 1864 年第一个跨越英吉利海峡的女性就是靠吃鸡腿补充能量的，希望我们也能像她一样安全顺利、逢凶化吉。

临近中午 11 点，我们给大白做航海前的最后一次检查：仪表盘各项数据正常、油量满格、引擎电压正常、发动机运行正常，两只水箱也都灌满了淡水。找出两套救生衣和安全绳放在方便拿取的地方——今明两天的风都很大，直至后天才会好转。

11 点 30 分，大白缓慢地驶离港口，我们的目的港是西班牙北部城市希洪，它是西班牙的第三大港口，不过更多人听说这个地名应该是源自"希洪竞技"。

一出港，风速立马飙到 6 级，船体朝一侧倾斜，我让尼克赶紧松点主帆。经过前半段航行，他的控帆技能已经比较熟练了，这在帆船驾驶中非常重要。大白装有一面主帆和一面前帆，通常情况下会配合使用，遇到强风时也可能只用前帆或只用主帆。一般遇到 7 级以上的风就会酌情缩帆，此时风还没到最强的时候，下午会更厉害。

4 个小时之后，我们抵达了森岛和法国主陆间的一段峡区，海水受两陆挤压形成湍急的水流。借水流之力，船速很快超过 11 节，大白在海面上飞驰！要知道我们平常好的时候都只能跑 5~6 节，如果照现在这个速度，一天一夜就能到希洪了。

可惜这是不可能的!

暗流过后是大浪区,我监控着深度的变化。比斯开湾的水深变化剧烈,从海岸线向湾内延伸100海里左右都是大陆架,深度只有百米,之后便是悬崖式的猛跌。深海的巨量海水撞上大陆架形成陡峭凶猛的断头浪,把船托到最高点后直接摔下,人也会跟着船做自由落体运动,这是很多水手都惧怕的。此时一定要系好安全绳,避免被甩出船外。几段大浪区之后,我们会到达海底悬崖附近,直接进入1000~3000米的深海区,那时候就很舒服了。

经过了9个小时的航行,暂时通过了高流区与高浪区,就像飞机到达了平流层,一切都变得平缓起来。趁着尼克值班,我去吃晚饭再抓紧睡一觉,晚上11点去换他。出了船舱,我竟然看到了月亮,这还是我从瑞典出发到现在第一次夜航看到月亮。皎洁的明月静静挂在蓝得发黑的海天之中,大白就在月光的指引下安稳向前,我预感这次的航行会很顺利。

早上5点,太阳已经升了起来,船侧有两只海豚追逐嬉戏。从凌晨3点开始就没风了,气象显示,从法国海岸的高气压到西班牙风带之间隔了一段真空地带,差不多到下午2点之后才会慢慢有风。这意味着,我们这一天中的大半时间都要靠发动机航行。开发动机之后海豚越聚越多,围着大白前后左右不停穿梭。听说比斯开湾还有很多鲸鱼,尤其是到达西班牙的海洋自然保护区之后会更多。

晚上 7 点 30 分，我们进入深海区域，GPS（全球定位系统）上的几条线标出大陆架的边界。出发第一天还不时能遇到一两只船，后来整片海域就只剩下我们自己。浪高将近 2 米，船上下颠簸得厉害。也许此刻，在我们脚下正沉睡着比大白大得多的船只残骸，想想就觉得有点瘆人。

18 日中午，我们正式进入西班牙海域，能明显感受到西班牙热情如火的阳光了。虽然一路过了很多流区和大浪区，但好在天气一直不错，没遇到我最担心的情况。距离希洪还有 110 海里，油箱和淡水几乎还是满的，后勤非常充足。

图 2—12　海豚同游

直到下午3点刚过，原本还风和日丽的海上突然刮起了强风，天很快就阴了下来。听说到了西班牙北部沿海天气变化很大，还有可能遇到雷飑，我重新把安全绳挂上。就这样，持续到了晚上7点多，发动机不知为何突然熄火了。仪表盘、油量显示都很正常，就是打不着火，这让我想起之前在波罗的海的遭遇。不会是螺旋桨又被缠住了吧？我有种不祥的预感。

　　上次在波罗的海海钓，一不留神让渔线缠住了螺旋桨导致熄火。这次我们也没钓鱼啊？我把GoPro伸进水里查看，麻烦了，螺旋桨又被一团不知道哪里漂来的绳子给死死地缠住了……

图2—13　螺旋桨被绳子缠住

对付这种情况只有一个方法——游到船底去，把绳子割开。但不同于波罗的海那次的风平浪静，此刻风速将近6米，船晃得非常厉害。加上北大西洋暗流汹涌，虽然表面上看不出什么，但人一下水很容易被水流卷走，更别提大白现在动力全无，根本无法施救。

还有不到2个小时天就黑了，我和尼克焦灼万分。天一黑就更麻烦了，什么都看不见，更不用说要潜水去解绳子。除此之外，海上天气说变就变，当前风浪还不算猛，可谁知道片刻之后会有什么变化？不能再拖了。我换上潜水服。

下水前交代尼克，一旦发现我游不过海流速度，就立即把船上所有能救生的东西全部扔下来给我。见尼克狠狠点头应允，我这才下水。近10吨重的船在浪间大幅摇摆，若不慎被它撞上一下，不死也得受重伤。我扶住船沿尝试下潜，水温没有波罗的海那般冰冷彻骨，这是唯一值得庆幸的。

我一手抓住缆绳一手拿刀，尽量跟船身保持一定距离游到螺旋桨旁，先扯一下缠在最里侧的绳子，感觉不算特别紧，立即开始切割。可能是绳子在海水里泡太久被腐蚀的缘故，不难弄断，但是船摇晃得很厉害，水流也非常急，增加了作业难度。反复尝试了几次，绳团终于被我从螺旋桨上弄下来。

搞定！上船重试发动机，成功启动。风已经比下水前更大了，海上还飘起了小雨，天色变得更加灰暗。哪怕我们多犹豫5分钟，面临的危险都得翻倍。

图 2—14　被海豚围观

6月19日清晨,希洪的海岸线终于出现在眼前。离进港还有不到4个小时,海面像打了油一样光亮,很多海豚跟在船侧。过去的三天三夜看到过不下10次海豚,没想到行程快结束时又遇到了。随着向前航行,更多海豚从四面八方向我们聚过来,它们时而会跃出水面。我突然有个奇怪的想法,它们不会是来组团围观我们的吧?

在欧洲,只要一到西班牙,就像进入了热带。热辣的阳光、热情的西班牙人,还有数不清的海鲜美食……接下来的旅程也会轻松不少,我打算接国内的亲友到欧洲小聚,顺便再接待一些"帆船体验者",赚取接下来的路费。

波尔图"敲头节"

南欧沿海一带风景很美,西班牙的太阳海岸、葡萄牙的黄金海岸、法国的蔚蓝海岸……一直到希腊,都是欧洲最负盛名的度假天堂。我跟尼克在希洪短暂停留,随后南下到葡萄牙第二大城市——波尔图,至此为期 27 天的共同航行告一段落。尼克接下来计划去冰岛流浪,而我将继续自己的旅程。

波尔图正值一年一度的"敲头节",顾名思义,就是用充气锤子敲头以祈求好运的节日。全城每天都在举办各种活动,有盛装大游行、眼花缭乱的集市和免费音乐会等。如果用三个词形容这座城市给我的印象,那就是热情、艺术和接地气。

波尔图是一座山城,以杜罗河为界,南岸是加亚新城,北岸是里贝拉老城。老城在 1996 年被列入世界文化遗产名录,著名景点基本都集中在那里。路易一世大桥连接着新老两城,这座桥是由埃菲尔铁塔设计者的徒弟操刀,为了纪念

图 2—15　波尔图街头

图 2—16　路易一世大桥上的情侣

093

国王路易斯一世而建。

大桥为钢结构,分上下两层,上层铺设轨道,下层是公路,从桥上可以俯瞰整个波尔图。磅礴蜿蜒的杜罗河穿城而过,连成片的红瓦小房子依山而建。明亮的阳光下,整座城市色彩鲜明且浓厚。

通过大桥后顺着公路逛里贝拉老城,路边能看到不少法多店,可以进去听一听葡萄牙传统的民谣。

图 2—17 法多演奏

法多（Fado）翻译过来是"宿命、命运"的意思，最早源于巴西和非洲，进入葡萄牙后在底层人民中广为流传，最初演唱者多是水手。由于曲调悲伤，又被称为葡萄牙悲歌。我随便找了一家店买票进去，发现演奏厅竟座无虚席。演出分上下场，主唱是一位金发女士，两名弹葡萄牙吉他的男士为她伴奏。

　　听完法多已经到了傍晚，我在一家小吃摊点了一份炭烤沙丁鱼当晚餐，吃完后来到码头附近的集市上闲逛，听一场免费音乐会，沉浸在喧闹的气氛里。明早又要出发了，我想我会怀念这个文艺而热闹的夜晚。

西班牙街头艺人

从瑞典出发3个月之后,我把船停在了西班牙的海滨古城加的斯。这是一个非常惬意的海滨城市,物价便宜,一杯啤酒不到2欧元,特别适合度假。在小城广场上吃饭时,一个街头艺人正用吉他在弹奏一首西班牙特色的弗拉门戈舞曲,几个游客围着他,有人听到一半会在他摊开的吉他包里放上几枚硬币。弹琴时,艺人的神情很放松,曲子里有不少他自己发挥的部分。他看上去也就20岁,让我想起自己以前在王府井、天桥下卖艺的日子。

我突然冒出个想法,想跟拍他一天,记录下他的生活片段。

我在附近一片阴凉的台阶上坐下,等他弹完。几分钟后,小伙子停下来休息,我过去打招呼,简单地做了自我介绍并向他说出我的想法。他起初有点犹豫,不过很快就答应了。

图2—18　西班牙街头艺人艾伦

小伙子名叫艾伦，是荷兰人，但来加的斯已经16年了，他租住在一个朋友的房子里，离广场不远。我等他收拾好东西，一起往他的住处走去。晚上9点，艾伦还有一场演奏，需要回去先给电池充电。

艾伦家只有两个房间，一个是卧室、一个是厨房。本来连厨房都没有，是他自己弄来材料和工具，一点一点地改造出来的。艾伦说，大多数情况都是交房租给朋友，不过偶尔也像这样帮忙干活来抵。他的卧室墙上有三把吉他，屋顶挂着十几顶帽子。果然，没有艺术家不爱帽子。

艾伦纯靠弹吉他养活自己。七八月正好是旺季，游客很多，所以他每天都在卖力赚钱，等旺季结束游客都走了，就拿这笔钱去旅游。十几年来他去过很多地方，甚至还去过中国天津。我很好奇，纯靠卖艺他到底能赚多少钱。艾伦说得看情况，有时多有时少，好的时候一天能赚 50 欧元，不好的时候不到 20 欧元，像昨天就只赚了 20 欧元左右。

对比西班牙普通城市的平均月薪（1200~1500 欧元），艾伦赚得确实不多，更何况，他只在夏天工作。不过他说，只要能满足自己的基本生活就行了，买点吃的喝的、旅旅游。他很喜欢加的斯，因为这里有阳光、有沙滩，关键是物价很低。弹完一天琴，花不到 2 欧元买一大杯冰啤酒来犒劳自己，这样的生活不是也挺不错吗？

我卖艺那会儿还在上高中，不想花家里的钱，所以自己跑出去打工。端盘子、洗碗，什么都干过，最后发现还是卖艺最赚钱。不过，在中国卖艺跟欧洲的情况很不一样，尤其还是零几年的时候。迈出第一步是特别艰难的，但只要肯迈

图 2—19　和艾伦成为朋友

图 2—20　背着吉他的艾伦

出第一步,你就会发现……还是很难!

"万事开头难,然后中间难,最后结尾难。"

艾伦听我说完哈哈大笑。

艾伦的曲子里有很多自由发挥的部分,这跟我见过的绝大多数街头艺人都不一样。他还卖自己的 CD,里面有几首曲子是他原创的。弹吉他既是他的工作,也是他的爱好,因此他会小心地保护热情而不去透支,通常一天演奏 2~3 场,每场 1~2 个小时,如果觉得累了,还会给自己放一天假。2018 年冬天,艾伦花了 5 个月进行了一场长途旅行,回来后捡起吉他发现生疏了不少,于是他决定以后缩短旅行的时间,把更多的精力放在练琴上。

吃完饭,我们打车去码头。初次登上大白,艾伦惊呆了,尤其是得知我当初倾家荡产买下了这艘船,还独自驾船航海之后。我告诉他，就像他的吉他一样，大白就是我的营生手段。

参观完，我们在甲板上坐下，艾伦弹起一首弗拉门戈舞曲。偶尔有帆船经过，船主们向我们招手打招呼。

8点多，我陪艾伦去另一家餐馆演奏第二场，他跟餐馆老板是老朋友了。在餐馆对面简单布置了一番后，艾伦开始弹琴。我找了一个角落坐下，点了一杯红酒和一盘西班牙火腿，同时拿着 GoPro 给他拍摄。

琴声响起，一瞬间，我竟然有了一种时空交错的感觉。17岁的我站在天桥下拉琴，对面的餐馆里坐满食客。那时候的我无论如何也想象不到，十几年后的自己竟然会开着帆船航海，会停留在一座西班牙小城，听着另一个人弹琴。

艾伦停顿的空当，我给他送上了一杯冰啤酒。他今天的收入不错，还卖出去了几张 CD。

10点多演奏结束，他说附近有一个露天场子，花2欧元

图 2—21 正在表演的艾伦

点一杯啤酒，就能听人唱弗拉门戈。他让我先过去，自己回家放东西。

我以前一直以为弗拉明戈是弹出来的，第一次知道还能唱。听起来跟葡萄牙的法多特别像，很悲伤。一直坐到将近深夜 12 点，我告别了艾伦。等这期片子剪好后，我想发给他留作纪念。

除了街头艺人艾伦，加的斯还有一群快乐自由的跳崖少年也让我难忘。想当年，我可是毛里求斯的跳崖王，但这群小孩玩得更疯。我跟他们站成一排，一起跳下七八米高的城墙，用 GoPro 拍下了我们跳水的全过程。我还要到了这群小孩的邮箱，准备之后把剪好的片子也发给他们。

我喜欢加的斯，它让我感到熟悉而自在。不只因为遇到的这些人让我想起自己的经历，也因为这座城市散发出的松弛和惬意的氛围。

图 2—22 和小朋友玩跳崖游戏

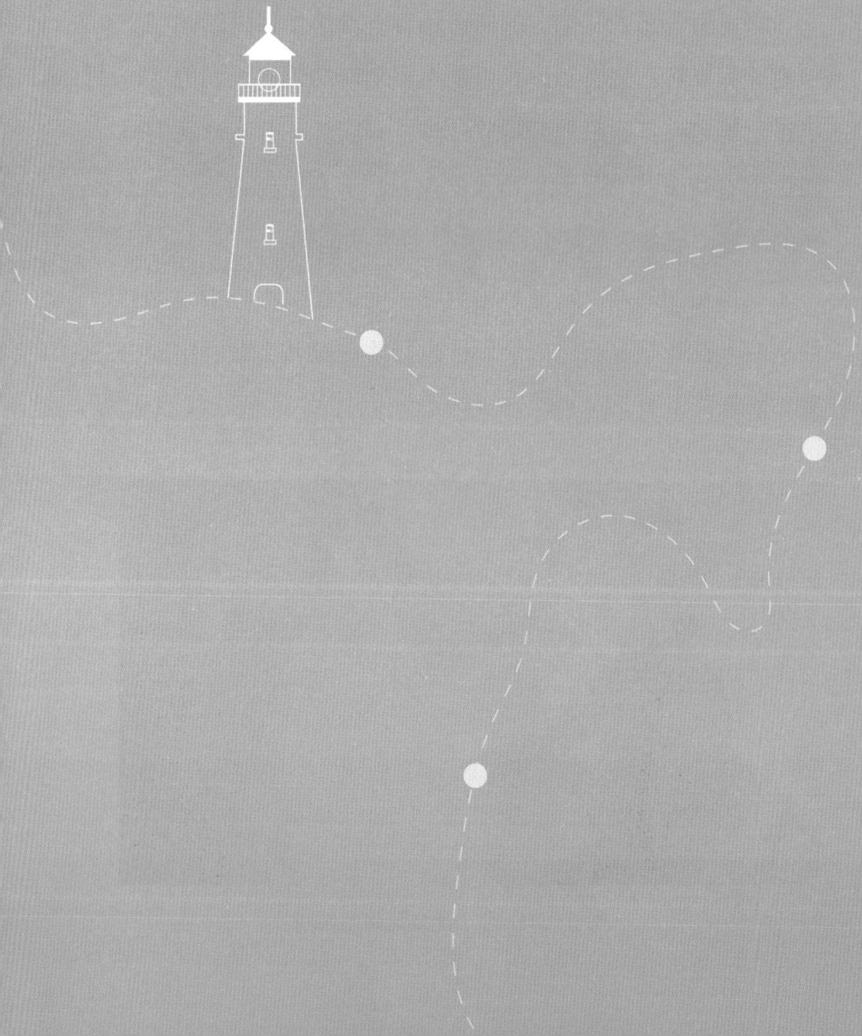

Part 3

极限横跨地中海

穿越直布罗陀海峡

2019年7月24日,我仍旧停留在加的斯。前几天查看账户发现,视频竟然开始有了收入。从3月到斯德哥尔摩开始,我每天都将记录的航海生活分享在网上,已经产生7450.53元人民币的收益。虽然不多,但估计能够支付之后的油费。

起初,我设想过两种边航海边谋生的方法,一种是在某些合适的航段接待想要体验帆船旅行的游客,赚取报名费;二是通过在网上分享我的航海视频,赚取流量费,甚至是广告费。目前看来,两个方法都初见成效。另一个惊喜是,我的妻子苗苗已经带着女儿小七从成都出发,即将在西班牙的首都——马德里跟我会合。我已经有4个月没见到她们,小七都半岁了。

在花店精挑细选了一枝红玫瑰花,我连夜乘坐大巴车前往马德里机场，第二天中午 12 点多接到了母女二人。小七坐在婴儿车里，长大了好多。她看到我不哭不闹，小表情有点蒙，逗了一会儿突然笑了，看来还认得我。我带她们去吃了点东西，稍微休息后，乘坐大巴返回加的斯的船上。过了加的斯，很快就到直布罗陀海峡了，我早就计划好一家人一起开船穿越直布罗陀海峡，这会是一件很有纪念意义的事情。

7 月 27 日，我们在靠近直布罗陀海峡的海滨小城巴尔瓦特停留休息，第二天一早，趁着苗苗和小七还在睡觉，我去码头附近的海鲜市场采购。开船旅行最棒的一点就是每经停一座港口，都可以就近买到最新鲜、最便宜的海鲜，所以我越来越能理解帆船生活在欧洲这么普遍的原因了。这边的港

图 3—1　时隔 4 个月，女儿长大了

口很生活化——便宜的码头停一天只需要20欧元，而且设施一应俱全，不仅配有洗衣房、盥洗室、餐厅这些最基础的设施，有的还有超市、酒吧、健身房等，比住酒店舒服多了。

从码头往市场走，路边堆满了套着渔网的大箱子和比人还高的船锚，很多渔船已经打完鱼回港了。不远处有一艘正在进港的渔船，许多海鸥绕着它低空盘旋，看来他们的收获颇丰。

为了赶早市买到最便宜的海鲜，我早上8点就赶到了市场，结果却发现，鱼贩们竟然还没出摊，只有一两家刚开门。西班牙的生活果然还是太安逸了，换作是在国内，四五点开始，早市就人声嘈杂了。等一个摊位把东西上齐，我过去看看有什么能买的。

海螺8欧元/公斤，鱿鱼12欧元/公斤，螃蟹18欧元/公斤，各称了一斤后，还买了点虾、花蛤和海鱼，一共花了不到50欧元。东西很多，我把它们全塞进GoPro的背包里。

走出市场，人已经多了起来。我花2欧元买了一份西班牙油条和一杯咖啡，坐在露天座位上简单地吃了早饭，然后回到船上。

早上9点多，我们向直布罗陀海峡进发。穿越直布罗陀海峡听起来好像很有难度，其实还是很安全的。海峡全长五六十公里，完成穿越只需要6~7个小时。出海后，天色有点阴，风速只有4节左右，海面很平缓。苗苗抱着小七坐在

图 3—2　在海滨小城巴尔瓦特海鲜市场采购海鲜

船舱口，两个人的状态都还挺好的。1 个小时过后，左侧的岸上出现一座小小的灯塔，经过这座灯塔，我们就正式进入直布罗陀海峡段了。

这里号称是西方的"生命线"，在经济和军事上都有非常重要的战略意义。300 多年来，西班牙和英国从未停止争夺这条海峡的归属权，所以目前直布罗陀海峡由西班牙和英国共同扼守。不过我才知道，原来直布罗陀和直布罗陀海峡是两个不同的概念。海峡是海峡，另外还有一个直布罗陀半岛，也就是我们此行的目的地。直布罗陀半岛虽然特别小，但战略地位极其重要。

图 3—3 父女俩一起航海

直布罗陀海峡不仅连接着大西洋和地中海，还将欧洲和非洲分隔开来，两块陆地相距最近的地方仅有 10 公里左右。我们是从大西洋往地中海进发，也就是自西向东走，因此船的左舷是欧洲，右舷是非洲。随着继续向前航行，右侧逐渐显现出非洲大陆的轮廓，我们正在两片广阔无垠的大陆之间通行。这种感觉真的非常奇妙——一衣带水之隔，非洲和欧洲，贫穷和富裕……

由于地中海区域的温度比较高，海水蒸发得快，所以海水盐度比大西洋更高。两侧水域密度不同，因而形成密度流。密度小的大西洋海水浮在上层，密度大的地中海海水沉在下层,所以直布罗陀的海流永远是自西向东的,因此我们全程都是顺流航行。二战时期,德国潜艇也是靠这股密度流的动力关掉引擎,神不知鬼不觉地通过直布罗陀海峡。

随着海峡变窄,交通也肉眼可见地繁忙起来,不远处有很多大型运输艇来往于非洲和欧洲之间。左侧的西班牙城市依稀显出一些北非的特征,沿岸都是成片有棱有角的白色建筑,而我们的右手边就是摩洛哥了。我想起了《北非谍影》这部片子。

晚上5点多,我们在直布罗陀港靠岸。就在大白停靠的码头旁边,是全世界最危险的十大机场之一——直布罗陀机场,机场跑道离我们的船不超过30米。这里号称是世界上最危险的机场,原因是半岛上空的乱流形成了一股吹往地面的下坡急流,给飞机降落造成了很大困难,因此非常容易出事故。机场的另一个特别之处,是有一条四车道的公路直接通过跑道,每当有飞机起落的时候,工作人员都会用障碍物暂时拦住两侧穿行的汽车,等飞机离开之后再放行。

第二天,我和苗苗带着小七,一起登上直布罗陀巨岩。从山顶俯瞰,不仅能把整个海峡尽收眼底,还能看到对面的摩洛哥。从直布罗陀到摩洛哥有摆渡轮,22欧元/人,只要45分钟就能到达。没想到,远在欧洲的直布罗陀巨岩竟然跟峨眉山一样,还有好多猴子。小七似乎对这里的猴子很感兴趣。

图 3—4　苗苗和小七

2019 年 8 月 1 日早上 10 点 30 分，我们开船绕过直布罗陀巨岩，正式进入地中海。这是我从瑞典出发以来驶入的第三片大西洋属海。

经过 6 个小时的航行，岸边出现一片白色小楼，从地图上能看到这里有很多酒店，是一个度假胜地，我们的码头就在酒店环绕之中。出发前，我跟苗苗商量好会在这里休息两晚，因为要带小七去附近一个叫龙达的城市。码头外的海面上停着一艘豪华游艇，个头快赶上小游轮了，还有一些人在骑摩托艇。我们开船绕过它们，拐进了码头。

岸边满是修建的白墙金顶的度假小楼，路边每隔几米就种着棕榈树，这里是我这一路上见过最漂亮的港口。经过一个船舶加油站时,工作人员示意我们过去办入港手续。我把船的注册资料和护照都交给对方,他仔细察看过后,告诉了我这里停一晚的费用。

"160 欧元一天。"

"不好意思,多少钱?"

"160 欧元,你没听错。这里是全欧洲最贵的码头。"

听到这里,我产生了掉头就跑的冲动……

"请问这个码头叫什么?"

"Puerto Banús(巴努斯港)"

图 3—5　著名的巴努斯港

巴努斯港，是世界顶级的豪华游艇港口，全欧洲皇室、富豪和名人最密集的海滨度假胜地之一，是"太阳海岸"上的钻石。早知道我就提前做个攻略了，现在真是笑都笑不出来……

拴好船，我们走上码头。抬眼望向几十米开外的海岸公路，就只能看到浩浩荡荡的奢侈品店和停在岸边的一大排豪华游艇。我对小七说："小七七，爸爸给你买冰激凌吃好不好？"要是苗苗想买包的话，我就只能卖船了。所以，我们的一日行程就是——暴走奢华小镇。

图 3—6　一家三口

晚上，我们坐在大白的甲板上，点燃几支香熏蜡烛，欣赏对岸价值上亿的夜景。晚餐是一盘拍黄瓜，一碟花生米和两包火腿，还开了一瓶5欧元的红酒，平常我喝的都不超过3欧元。一开始，我想带苗苗找一家餐厅吃顿好的，但看过几乎所有餐厅的价目表后，我发现，没有一家餐厅的人均低于40欧元，这笔钱都够我们在海鲜市场买好几斤海鲜了，何必在这里打肿脸充胖子？

小七抱着一块黄瓜啃得起劲，还一边冲着我嘿嘿傻笑。突然之间，我发现自己其实啥都不缺了，坐在自己的船上，还跟家人在一起，我已经很满足了。

在西班牙相聚了半个月之后，苗苗和小七回国了，我也该继续我的航行。接下来的任务非常艰巨，几乎是横渡三分之二的地中海，全程将近900海里，要在海上连续航行10天左右。

九天九夜，极限拉锯地中海

2019年8月30日凌晨5点，我从西班牙的帕尔马岛出发，前往希腊的扎金索斯。几天前，我抽空回成都续了签证，顺便把大白停在帕尔马岛做升级改装。不同于以往在波罗的海、北海，或是比斯开湾的航行，这次我要一个人在海上连续航行10天，是一次真正的单人航行。

为了最大限度地保障航行安全，并分担体力上的重荷，我给大白安装上自动驾驶系统，这样一来，到了海上我就能解放双手，不用一刻不停地守在舵边。除此之外，我还给大白新增了一副暴风帆，暴风帆的面积比主帆小，但材质比主帆更结实，在遇到极端恶劣天气时能派上用场。最后加上常规保养，花了将近14万元人民币，这笔钱还是我在网上众筹到的。

从帕尔马岛到扎金索斯的几个航段都很长，中途无法靠岸，只能没日没夜地拼命航行。前一晚，我在码头已经完成各项补给，给船加满油和水，还打了两桶备用油，食品和生活用品也都置办齐全了。我还从国内带来一些新的救生设备，有救生背心、救援绳和爆闪灯等。我把它们全部找出来，放在驾驶室伸手可取的位置。

启动发动机，一声长鸣后仪表盘灯光亮起，我照例查看船体的各项数据及船侧排水，全部正常。松开系在码头的缆绳，我驾驶大白离开仍在睡梦中的帕尔马港。完成地中海行程后，我还有一段跨越大西洋的远航计划，需要花费整整21天。这次的10天就当提前演练吧，希望一切顺利。

图 3—7 一碗煎蛋面开启地中海的航行

早上7点35分,我驾驶着大白来到帕尔玛岛靠南的地方,天气非常好,蓝绿的海水像果冻一样。自动舵稳稳地把大白控制在既定航线上,我什么事都不用做。从瑞典到现在航行了小半年,这还是我第一次发现,原来帆船航海是一件如此享受的事情。煮一碗番茄煎蛋面,浇上厚厚一层炒好的臊子,开启了地中海奇幻漂流的第一天!

再过2个小时,大白就会抵达西班牙领海和公海交界处,进入公海后,手机就没信号了。长满绿色植被的地平线逐渐远去,不出意外的话,下次再见到陆地得在2天后了,在意大利的撒丁岛。地中海上的气候比波罗的海、北海这样的高纬度海域要温和得多,海上几乎没有风,海面非常平静。在这种情况下,即使采用最轻薄的觅风帆估计也带不动船,所以我只能依靠发动机行驶。

闷热、安静、空旷、明亮,只能听到引擎的轰鸣声。我进入船舱躲避太阳,刨了几片伊比利亚火腿,配上红酒津津有味地吃了起来,开始着手剪辑最近拍摄的视频素材。晚餐是土豆烧香肠,航海一天后吃点辣的东西是非常有助于缓解疲劳的——然而,我一点都感觉不到疲劳。好不容易熬到太阳落山,终于盼来第一晚的夜航。我在大白的左右和后方各挂了一盏爆闪灯,再加上船头自带的航海灯,可以让其他货轮在一片漆黑的夜里能够看见我的船。为了以防万一,我还穿了救生衣,不过出发前查看过气象预报,最近一个大型风暴将会在3天之后才会到达，那时候的我应该已经抵达撒丁岛了。

  航行的第二天，我无事可做。船已经被我里里外外地打扫三遍了。卫生做完了，片子也剪完了，面对着茫茫无际的大海，我实在想不出自己还能干点什么……一想到之后，还要连续21天跨越大西洋，我的精神已经有点崩溃了。难道要一直对着GoPro说话吗？还要一直自言自语下去吗？此时距离目的地撒丁岛还有100多海里，也就是说，我还要再熬24个小时。

  我终于品尝到了航海最磨人的滋味——极致的孤独。

  四周是望不到边的蔚蓝，海天一线，耀眼的阳光晃得我睁不开眼。于是，我干脆躺在甲板上，让自己放松下来。人最怕的就是孤独，太容易胡思乱想了，这在航海中尤其危险。所以，我几乎一刻也不敢闲着，总在找事做。

  下午，我驾驶着大白进入意大利领海。海上终于刮起一点小风，我关掉已经开了两天的发动机，把40升备用油全部加进油箱。马上就要夜航，如果遇到雷暴，还是要靠发动机来自救。

  下午6点，前方原本一碧如洗的天空开始出现大量的云层堆积，颇有千军万马的气势。虽然预报的风暴下周才会抵达，但在海上没有信号，我也不知道会出现什么变数，也许这是大型雷暴的前奏？风速暂时没有太大的变化，但我还是

图 3—8　一个人置身茫然无际的大海

决定先穿上救生衣、系好救援绳。

　　我利用驾驶舱的几个角给救援绳定点，最后穿过腰前的活扣，这样就可以界定出一个有限的活动范围。这样做的好处是，在风浪变大的情况下，即便我因为颠簸而被抛起来，也能被绳索拉回船上，不会落入海水中——航海中最危险的就是落水。而且用绳索界定出活动范围，也方便我在甲板上进行各种操作，这些都是帆船航行遇到极端天气时的基本安全措施。

　　即将进入云层区域，现在的风速是 8 米/秒。我撤掉主帆，只保留前帆，如果风力进一步加大，前帆也要撤下来。GPS 显示，我正位于西班牙和意大利的中间地段，跟之前在波罗的海遭遇雷暴的情形一样。天色变得非常暗。我打开三盏爆闪灯和船头的航海灯，闪电区正在急速向我逼近，按理

图 3—9　用救援绳固定住自己

来说，不该出现这种情况，至少这两天我的航线上不该存在大型气旋，想来这多半是临时形成的局部雷暴吧。

身后的天空还很晴朗，要不先往回撤，等躲过雷暴再恢复航线？然而，看不到边界的灰色云层已经拖着暴雨杀气腾腾地朝我的头顶快速移来，我的大白根本跑不过它。既然无论如何都会相遇，不如直接往撒丁岛赶吧。我撤掉前帆，换成面积更小的暴风帆，头顶天雷滚滚，该进船舱避雷了。其他的就交给自动驾驶吧。

船体颠簸得厉害，大白跌跌撞撞前行。但好消息是天空中能看到星星，这说明云层并不太厚，或者这里是一块一块的小雷暴区。风力仍旧维持在 8～10 米/秒，没有出现特别急剧的变化，这也是值得庆幸的。我通过爆闪灯照亮的海面判断海浪过来的方向，这一点非常重要。如果船和海浪平行就很容易倾覆，所以一定要轧着浪走。

前方一片漆黑，风速陡然增强到15米/秒，快到风眼了。气旋其实就是空气漩涡，外围风速最小，越靠近风眼角速度越大，并伴随非常猛烈的狂风暴雨。进入风眼内部后，从理论上来说，就像是踏进了真空带，是没有风的，但通常气旋并不稳定，所以界限也不会那么明晰。穿过风眼到达另一侧就会遭遇剧烈的反向疾风并伴随暴雨，然后风速雨势慢慢减弱，直到完全驶离气旋区域。说起来很简单，但身处其中就跟地狱没什么差别。

至少比波罗的海好一些，气温没那么低。希望这一次老天也能放过我。

船舱里存有几袋紧急用水，我把它们都拿出来，如果情况进一步恶化，我会把救生艇也取出来。其实，这种情况下只有在船上的活命概率最大，我能做的只有两件事：待在船上并保持身体绝缘，然后在心中默默祈祷。

驶出气旋区域之后，海浪非常高，马力开到最大也毫无作用，大白在原地踏步。我检查发动机，发现机体并未出现过热，底部也没看到积水，没有烟雾或者怪味，这些都说明，发动机在正常运行。万幸，这种关键时候，没有任何东西比发动机更重要了。

通过舷窗瞭望远处，我发现海面有微弱的灯光，是另一艘较大的船也在跟暴风雨进行着搏斗。他们肯定也不好受，但无论如何也比我要强些,至少没我这么颠簸。我拿起无线电尝试着联系对方,问声航安,也让他们知道这里还有人。

"您好,这里是中国帆船'深蓝号',这里是中国帆船'深蓝号'。"

"能听到我的呼叫吗?能听到我的呼叫吗?"

"我们都在雷暴中,我能看见你们的船离我不远,约2海里。"

"能听到我说话吗?收到请回复。"

没收到任何应答,估计是太远了,他们收不到。

扛吧,只能自己扛了。

凌晨2点,风浪终于趋向平缓,能听见外面的风声没那

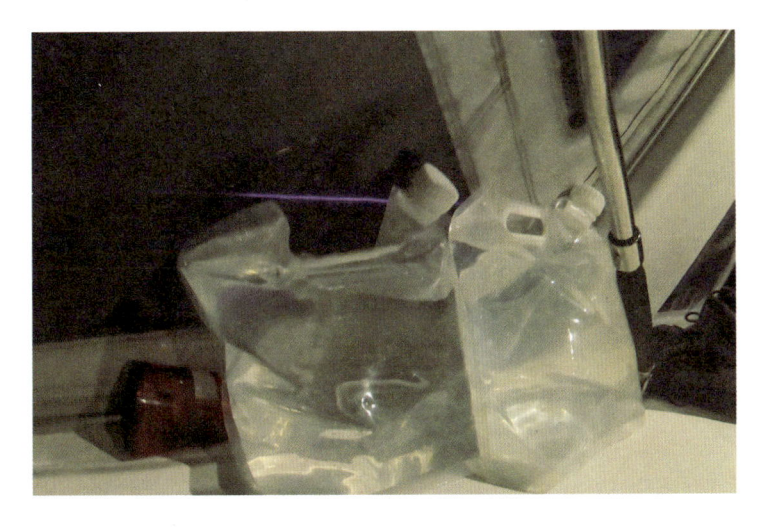

图3—10 应急用水

么尖锐了；凌晨4点，又迎来新一波的强降雨；直到7点左右，才渐渐平息……在海上真的就是这样，明明下午还晴空万里，一到晚上就狂风暴雨，转瞬之间，可能又一点风都没有了。浑身都是黏糊糊的汗水、海水和雨水，糊了一层又一层，然后再被体温烘干，身体务必困倦、疲惫，但神经仍然紧绷着，不敢有半点懈怠。我只想赶紧抵达撒丁岛，把船停下来，好好洗个澡，休息一下。

第二天将近中午12点，岛屿终于出现在我眼前，但我和锚地之间再次横亘着大片乌云，真是没完没了了！然而，想要到达锚地就必须穿过它，没有第二条路。我心想，撒丁岛真该改名叫撒旦岛。进入雷暴区域，风速骤然增到12米/秒，

图3—11 闯入雷暴区

海水变得非常湍急。我只有一个想法，只要船别被闪电击中就行。万一被击中，船上的电子设备大概率会全部失灵。

听天由命吧，已经过了不知道多少个雷暴区，我几乎能坦然面对了。离撒丁岛只有1海里左右了，本来这个距离应该能看清岛上的树木，眼前却只有一片模糊。雨非常大，但下雨不是坏事，因为下雨的时候风就不会特别大了。

下午6点，我驾驶大白终于进入撒丁岛的内湾，刚穿过的暴雨区还在身后肆虐。其实在暴风雨里我就想过，会不会一进内湾就一点风都没有了，但真没想到内湾会平静成这个样子。海面就像玻璃一样，撒丁岛的山像桂林山水那么清秀。所以神话故事真的没骗我们，海上的仙山外面通常都布满了雷电暴雨和巨浪，一旦穿过这些屏障，就能看到岛上一片平和的风景。

本来打算在岛上休整一两天的，但气象显示，接下来一整天的风况都非常适合航行，做了几番思想斗争后，我还是决定继续跨洋，连夜赶往下一个节点——意大利的西西里岛，这么着急是因为我已经跟两位游客约好在希腊会合，他们9月10日将抵达雅典并登船，所以我也必须在这天之前赶到，不能失约。

离开撒丁岛后，大白以7.5节的速度在海上疾驰。作为一艘休闲帆船，7.5节的速度已经算是非常快了，我利用风力的同时还启动了马达，船的倾角接近40度，透过舱窗可以

图 3—12　在撒丁岛加水

看见低的一侧几乎贴住了水面。我拉住帆索,如果船的倾角有接近倾覆角的可能,就松一些前帆减小受力面积,让大白恢复到正常状态。大风天会持续到晚上 9 点,而这一切都只是前奏,真正的雷暴会于凌晨 2 点现身。我必须要赶在晚上 11 点前抵达拐点,然后利用洋流向西西里岛推进。

航海中很少遵循"两点之间,直线距离最短"的规律,反而经常根据风和洋流调整航线,那样会更省时省力。所以一些航海老手对气象和洋流状况都了如指掌,就像出租车司机熟悉每条小道和每个路口的摄像头一样。

下午 2 点,我在两股巨大气旋的夹缝中求生。天气状况还算稳定，只希望这两股气旋能乖乖待在自己的轨道上，别心血来潮地合成一个，那我可就遭殃了。

趁着船的航行还算平稳，我对船况做例行检查，首先查看仪表盘上油量和水量的情况。我在撒丁岛把油和水都加满了，所以现在几乎还是满油满水的状态。之前有一个水箱出现过破损，我发现它又开始溢水，舱底积了一点雨水。发动机运行正常，冷水循环系统工作正常。船上除了我，还多了一只蟋蟀和一群蜻蜓，它们是我的新乘客。

凌晨2点40分，我成功跨越拐点并转向西西里岛。我仍旧在两片雷暴的夹缝中穿行，左舷一直乌云密布、电闪雷鸣，这一路十分顺利，没有正面遭遇一场暴风雨，但这种感觉也特别磨人，就像在走钢丝，不知道危险会在什么时候会突然降临。

每次出发前，我都会把气象图截下来存在相册里，从截图上可以看出早上8点左右港口附近的风会降到最低，11点就彻底无风了，但岛两侧盘踞着两股非常强劲的气旋。

9月2日中午11点30分，终于看见西西里岛了。你能想象，一个在海上漂泊多日的人看见陆地是什么感觉吗？我又饿又疲惫，除了出发第一天吃得比较好之外，从第二晚遇到暴风雨开始就几乎没有吃过东西，实在顶不住时就弄点牛奶加饼干，还得靠太阳晒热。没办法，光是应付天气就已经让我应接不暇了，更何况船上这么颠簸，连喝口水都无比困

125

难。我决定，中断连续横渡地中海的行程，在西西里岛休整两天，一是因为从3日开始，航道上会有一场非常强劲的热带气旋；二是我实在体力不支，心态也需要调整一下。

停好船，我舒舒服服地洗了个热水澡，把一身臭汗和海水的腥臭味全部洗掉，整个人瞬间像是年轻了10岁。晚点还约了维修工来换机油，船和车一样，长时间行驶后都是需要更换机油的。还有一样美食一定要品尝，就是我在撒丁岛就心心念念的烤牛肉。用烧烤料和大蒜把牛肉炒得干香入味，直接拆一颗生菜包着吃，简直是人间美味，再倒一杯鲜橙汁，每次在海上漂泊几天回来能吃上一口家常菜，这种感觉比什么都好。能做到四天四夜几乎不眠不休，可能是以前打游戏的后遗症吧。总之，敬大海对我的仁慈！

西西里岛让人非常惊艳，海水呈现出诱人的奶蓝色，像这样的海岛在欧洲还真不好找。海水颜色很大程度上取决于水底沙子的颜色，像马尔代夫、塞舌尔，或者毛里求斯的沙色都比较浅。沙子颜色不好，就算水再清澈，看上去也总觉得差点意思。人们常说，旅行就是从一个你厌烦的地方到一个别人厌烦的地方。不过，世界上还有那么多没厌烦的地方，这不就很棒吗？

图 3—13 西西里岛奶蓝色的海水

抵达希腊

9月4日,天气放晴,我趁机继续赶路。早餐是锅巴饭(糊了),配着我一直珍藏的老干妈,在国外,"老干妈"可就是"亲妈"。

从西西里岛到目的地希腊凯法利尼亚岛有400海里左右,其中250海里是沿西西里岛海岸线行驶的,从最西边的特拉帕尼一直到东边的卡塔尼亚。海岸线是连绵不绝的高山,在海上看山景的感觉很特别,又壮阔又秀美。听人说,没到过西西里岛就等于没来过意大利,我觉得没白来。

9月和10月是地中海飓风形成的月份,天气变化特别大。这几天为了赶路,几乎都是连轴转,每天最多也就睡两三个小时,我的免疫力开始下降,喉咙痛、头也晕得很厉害。我煮了一碗清水面拌老干妈,想借此能激活一下身体的能量。这十几年,我天南海北到处跑,几乎没打过针、吃过药,这

图 3—14　老干妈拌面

次也照样扛过去。

　　总有朋友问我为什么要来航海，我想起之前在毛里求斯做潜水教练时，我师父问过我的一个问题："你为什么要潜水？"我师父潜水超过 3000 次，甚至左耳的耳膜都因此而穿孔了。为什么要去做一件事？我能想到的答案是，它能让我开心。**做一件事的初衷是要建立在能让我开心的基础上，或者换个说法，这件事情是我主动选择去做的，我觉得这样的生活才有意义。**当然，做任何事情也都有风险和困难，这些是我们做完选择之后需要去克服的。大家看到我航海、潜水，觉得我肯定是一个非常爱冒险的人，但实际上并不完全是这样。比如，我选择帆船航海的一个非常重要的原因恰恰是它可以兼顾生活。帆船是一项运动，航海类似是一种修行，帆船航海是一种看上去非常自由、有挑战性且能够丰富自己阅历的一种生活方式。人生中能有这样一段经历，让我觉得非常有价值。但我也说了只是"看上去"。因为真正来欧洲航海之前，我也没料到航海会有这么艰苦。它有非常大的风险，这种风险不像跳伞，哪怕伞没打开发生了意外就是分分钟的事——航海不是一件能一了百了的事情，甚至有时候可以用"生不如死"来形容。

当你在海上遇到暴风大浪天气，一夜甚至连续几天几夜地饱受肆虐，那时候真的没有任何事情可以做，除了祈祷；你也不知道会在什么时候，以什么方式，大海会要了你的命。人在这种不间断的折磨下会被逼到极限，然后你又会发现，你以为的极限都不是极限。**所以这半年来，我在航海中体会最深的就是"量力而行"。量力而行、心怀善意，要有不断摔倒、不断爬起来的勇气，才能把梦想拉进现实。**

很多人以为，航海最危险的是触礁或是遭遇极端天气，实际上触礁、极端天气都可以通过提前做功课来避免，而遇到海盗的概率几乎为零，除非是在索马里这种地方。航海真正要提防的是意外落水、货轮和物资配给不到位，这些问题非常实际且容易被人忽略。所以看上去越冒险的事情，就越不能存丝毫侥幸心理，这也是量力而行的一个方面。

9月7日一大早，发生了一件大乌龙事件。我即将抵达西西里岛最东端的拐点，马上要进入最后一段200多海里的深海航行了，需要先给大白加满油。结果发现附近居然没有

图 3—15　在西西里岛航行

一个能加油的码头！不仅如此，一路过来100多海里的海岸线上也完全没有！这可该怎么办啊？

大白的油箱已经见底，地图显示离我最近的一个加油站在岸边这座小镇的公路上，是个汽车加油站。要不要上岸去买油呢？我很纠结。船上还有一些备用油，在天气理想的情况下勉强也够支撑到目的地，要不赌一下？气象预报显示，接下来的两天，天气情况还不错。但就怕万一遇到雷暴或者无风的情况，不得不长时间依靠发动机行驶，那样的话油就不够用了。这种情况也不是没有遇到过。

最后这段航程还要持续两天两夜，还是别冒险了。于是，我决定上岸加油，争取在1个小时之内搞定所有事。我用电动泵给小皮艇打上气，同时把备用油桶的油全部抽进大白的主油箱；趁两台泵都在工作，我收起主帆和前帆，把船在靠近沙滩的浅海区域内抛锚。希望在这里千万别遇到不卖散装柴油这种事。

从沙滩到加油站不到2公里，用平衡车往返速度很快。我把充好气的皮艇丢进水里，将两个空油桶和代步车扔到皮艇上，然后压低重心爬进去。虽然才早上10点，但地中海的烈日已经当头暴晒，海水温度都接近40摄氏度了。

登岸后，我把皮艇拖上沙滩防止被海浪冲走，然后拎着油桶跟平衡车往公路边跑。这里的沙滩上全是一颗一颗的小石子，被太阳晒得滚烫，脚踩在里面跟糖炒板栗似的，真后悔没穿鞋啊……两桶油加满足有50公斤重，多亏了有平衡车，往返加油站一共才花了不到半小时，我不禁在心里感慨，真是科技改变生活。平衡车是我在西班牙买的，折合人民币才1400多元，比国内还便宜几百元。

打完油回到大白上刚好1个小时，洗个热水澡再来杯冰可乐，又能放心地赶路了！

虽然气象预报没说有雨，但空中还是布满了千奇百怪的厚云团，这些云团在风力的作用下会飘向同一个方向，越积越多，最后就像堵车一样，等攒到一定的量，就形成一片很大的积雨云了。带有不同电荷的积雨云相互摩擦会形成雷电，打雷闪电把能量释放掉，再下一场暴雨，天就放晴了。

图3—16 划小艇上岸打油

说实在的，经历了这么多场暴风雨，我的心态已经放平了，我只求不被雷劈就好。漫天的乌云像千军万马在奔腾，站在船上看它们会有种看阅兵的感觉。我发现有一朵云与众不同，方向似乎跟别的云完全相反，后面还拖着细细的一缕，像被某个孩童放飞的风筝一样，也神似孤身漂泊在外的游子。前一秒还满心充斥着爱国热情，下一秒就生出眷恋故乡的愁思，这或许就是中国人的血脉吧！

图 3—17　海上奇特的云

没想到临近黄昏，云团竟然慢慢地散开了，意外迎来一轮非常美的落日。看来晚上会有满天繁星。不知道大家有没有看过电影《少年派的奇幻漂流》，主人公夜里在海上漂流时，海里会出现很多闪着荧光的鲸鱼、水母和各种浮游生物，就像银河一样。之前我还以为这都是电影虚构出来的，现在才发现，在现实里真的会出现。

天气好的时候夜航，就有机会看到船经过的地方变成一

图 3—18 美好的日落

条荧光海路,好多皮球大小的发光水母在船掀起的波纹里面翻动,特别梦幻。我试过几次想把这种景象拍下来,可惜它们只能用肉眼看到,照相机或摄像机都拍不下来。这也是航海旅行的魅力之一,那些难得一见的绝美、奇幻的景象,在人迹罕至的奇险之处,只有身临其境才能看到。我感到非常幸运。

2019年9月8日早上6点,在地中海的第218小时,凯法利尼亚岛和扎金索斯的轮廓终于出现在我的视野中。至此,我算是走完今年大部分的航程了——从瑞典的斯德哥尔摩到希腊。这九天九夜里我感受过绝望,也感受过希望,每天做得最多的事情除了看风,就是对着镜头说话——此时,我已经有50万粉丝了。幸好这一路上有你们的陪伴,陪我一起走完这800多海里的旅途。

这一切都算是我对自己的34岁的一个交代吧,真的不容易。当初做这个决定,买这艘船,告别家人,豁出性命……现在,我能在心里坦然面对这一切了。

我叫韩啸,我今年34岁,我做到了。

图 3—19　成功穿越地中海

儿行千里母担忧

2019年10月16日,我驾驶大白进入希腊圣托里尼港口。这是我第25次来这座小岛了,不过这一次,我可能是第一个开着帆船进港的中国人。我计划在希腊驻扎2个月,赚取之后的路费以及办理离欧手续,然后开启亚非区域的航行。

为什么要选在希腊停留?一是因为到达这里,意味着我在欧洲的长距离跨洋航行基本结束,2019年的航行计划算是完成了;二是希腊的岛多,一共有3096座岛屿,特别适合做跳岛游,是带旅客的不二之选。只要你想,每天都可以玩得不重样。

接到两个国内来的游客朋友——大胖和小雨之后,我把船开到波罗斯岛停留。吃过晚饭,我们上山找到一家酒馆,白天听码头上的两个荷兰小帅哥说有人开派对。我们寻着音乐声一路上山,拐进一座白色小房子,院子里有个游泳池,音乐声就是从泳池对面的露台传来的。露台上已经坐满了人，两个乐手在演奏希腊民谣。我们去吧台点了3扎啤酒，端到泳池边上坐下。

除了我们和几个外国游客之外，参加派对的人全都用一条大浴巾把自己裹成古希腊的造型，看起来这还是个变装晚会啊？不知道他们待会儿会不会往泳池里跳。

几首曲子奏完，主持人上台讲了几句话，然后古希腊装扮的人群纷纷走向中间的空地，每个人手中还拿着一只盘子。他们是要端着盘子跳舞吗？音乐响起，一位大叔率先拿起一摞盘子走到人群中央，先是跳舞，跳着跳着，突然"啪"的一声把盘子砸到地上，人群跟着欢呼起来。看来这是当地的某种风俗，估计是为了祈福之类的。大叔一连把手上四五个盘子全都砸完，接着趴到地上用嘴叼起一杯酒喝掉，再把一个女孩拉进舞池。他们就像接力一样，一个一个地进入舞池中跳舞、砸盘子、趴下喝酒。

这也太有意思了，这么好玩的事情怎么能少了我呢？1个盘子1欧元，我买了4个，大胖和小雨每人1个，我拿着两个盘子走到舞池中央。许什么愿呢？就祝愿我平安顺利地穿越亚丁湾吧！第一个盘子在头上拍碎，第二个砸向地面。

除了赚取路费，我还需要为亚非航段做大量准备工作，尤其是涉及亚丁湾的部分。其实具体要做哪些事情我也没有明确的概念，毕竟单人单帆、单枪匹马闯亚丁湾的疯子，整

图3—20　摔盘子舞

个地球上可能也找不出几个。

卫星地图显示，穿过苏伊士运河进入红海后，码头就非常稀少了，但帆船的保养、维修及物资补给都需要在码头完成。欧洲的码头很多，这些事情我都是找帆船代理商来做的，以后恐怕都要自己来了。

帆船保养主要包括发动机和船体两个部分。

发动机需要定时更换机油，在欧洲找人工换一次要50～80欧元，如果是Diesel（机油）官方服务，则要80～120欧元，折合人民币得近1000元了。我托朋友从国内带来一个电子泵，换机油非常方便。除了机油之外，还要保证发动机的燃油系统、进排气系统、冷却系统、润滑系统和海水泵能

图 3—21　边大哥

够正常运行，我找到我在网上认识的"希腊通"朋友——边大哥，在他的帮助下买齐了各种零部件和维修工具。

　　10 月 27 日下午 4 点，我的父母乘坐飞机来到圣托里尼。简单游览后，我们一起开船去科斯岛办理离欧手续，随后前往土耳其度过一周假期。

　　科斯岛和土耳其之间最近的地方只相隔 2.7 海里，在船上就能看到亚洲大陆了。我突然意识到，我已经回到了亚洲，一股亲切感在心里油然而生。

　　科斯岛不是一个特别有名的旅游胜地，但它面积很大，仅次于罗德岛。入港前，我通过 VHF 呼叫控制室，很快码头就派出一艘引导艇给我们带路。对比之前在雅典的港口，科

图 3—22　和父母在圣托里尼团聚

斯岛倒显得正规很多，因为是离土耳其近，有很多国际航行的船只出入。要办的手续其实并不复杂，带上船的注册资料去海岸警卫队清关，给船员名单盖章证明我们三个人要离境，之后去移民局盖个移民章，最后盖个财产证明的章，证明我缴纳了在希腊的全部税费，就全部完成。同样的手续到了土耳其还需要再办一次。

　　临走前一晚，老妈不知道从哪里翻出来一把针线，对我的救生背心进行缝缝补补。他们虽然平时嘴上不说，但我知道心里还是挺担心的。下一次见面，不出意外的话应该是半年后，在马尔代夫了。

图 3—23　码头派出的引导艇

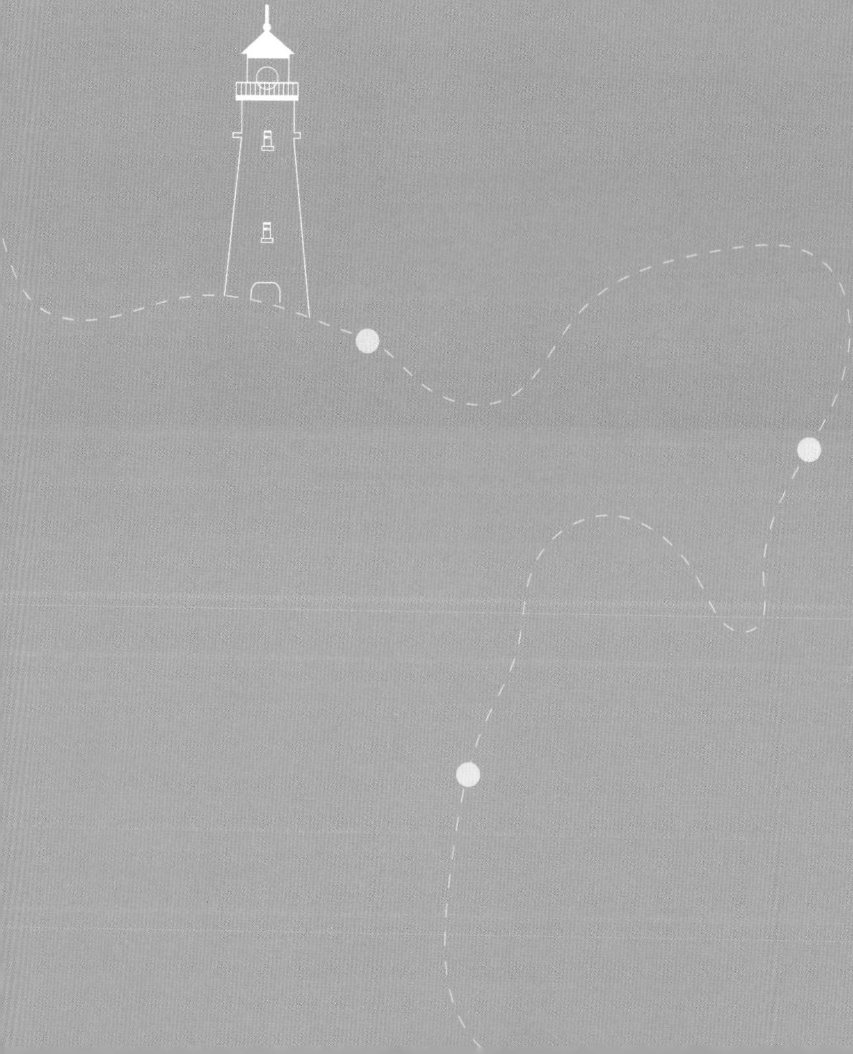

Part 4

中东历险记

靠岸一波三折

2019年11月21日，我驾驶大白从土耳其的安塔利亚港出发，航行将近40个小时后到达此行的最后一个欧盟国家——塞浦路斯。28日一大早，我整理行装，准备前往中东航海的第一站——黎巴嫩。

去中东航海我带了哪些装备呢？除了手持VHF1部、超大容量充电宝2个、救生背心、防水服、防坠海安全绳、望远镜、头灯和高光手电筒（夜航中尤其重要）、防水外套和防水裤，这些我在任何海域航行都会用到的基础配备外，我还特地提前添置了1台扩音器，主要是为过亚丁湾准备的。如果说船上还有什么武器可以防身的话，就只有几袋分装汽油和那把渔枪了。

扩音器是用来喊话的，万一遇到危险，我就告诉他们我是中华人民共和国公民，我身后有个强大的祖国。渔枪和汽油的话……希望用不上吧。

从塞浦路斯到黎巴嫩首都贝鲁特有120多海里，需要航行一天一夜，从移民局拿到护照和证明后，我开船驶离这座安宁的码头。

绕过塞浦路斯最北角一片叫"黄金沙滩"的风景名胜，随后转向西南航行。就在两天前，我还站在这片沙滩上遥望黎巴嫩的方向。晚上10点刚过，船便抵达了距离叙利亚领海最近的地方，离岸只有不到50海里。

此时，天已经完全黑下来了，我很紧张。我把船上所有的灯，包括头灯，全部关掉，只留下一只手电筒照明。大白完全陷入黑暗。

一直熬到凌晨3点，GPS显示船已经进入黎巴嫩对应的区域。从理论上来讲，我安全了。重新打开航海灯，换上救生衣，算是成功躲过一劫。在海上，防备任何可能发生的危机都不算过度，毕竟生命安全才是最重要的。

将近6点，太阳的光芒重新照亮海面。真是一个超美的日出。

中午11点14分，离贝鲁特还剩12海里。按照国际惯例，我分别通过9频段和16频段呼叫码头进行第一轮报备，但都没收到回复。这是我第一次开船到中东国家，为了以防万一，出发前我给码头发了邮件，告知对方我的入境时间，并附上我的身份信息、帆船信息，以及航行计划说明，但并没有收到回复。我只好继续往前开了,到港口外再尝试第二次呼叫吧。

进入一个国家的领海前,提前报备是非常重要的,因为每个国家的海域都有海警巡逻,如果不通知对方就贸然闯入,很容易给自己带来不必要的麻烦。果然在离港口不远处,我被一艘海警巡逻艇拦了下来。他们问了我几个问题,随后一名全副武装的海警登上我的船。这不是我第一次被海警问话,同样的事情在塞浦路斯刚发生过。其实流程很简单,他们会查看我的护照和证明文件以及船的资料,如果都没问题,例行问两句就会放行。然而,这名海警查完东西后却没有要下船的意思,他前后进船舱搜查了两遍。

不一会儿,巡逻艇再次靠近,又有两名海警登上我的船。大白狭小的甲板上瞬间挤满三名身着迷彩服、荷枪实弹的人。他们问我船上是否有武器,我说当然没有,并表示全力配合他们的工作。三位海警分头对大白进行了一轮地毯式搜查,又对我搜了身,没发现任何可疑之处;在看过我给码头发送的邮件并向上级汇报核实后,他们彻底查无可查了。

几个人放松下来,一边闲聊,一边等待对我的最终处理意见。为了缓和紧张的氛围,我主动说起了自己的航海经历,说我是4月份从瑞典出发,一路开着这条帆船开启航海旅程的,旅程结束后就会回到中国。

"你不上班跑来航海,不用赚钱吗?"一名海警问我。

"航海就是我的工作啊，船长就是我的职业。我把航海视频上传到网上，现在有100多万粉丝关注了。"因为没有网络，我翻出社交主页的截图给他们看。

"有100万人关注你？"他们很惊讶。后来我才知道黎巴嫩总人口数只有600万。

进入黎巴嫩码头需要提前18小时预约，同时找好一名代理去办理所有入境停船的手续，因为缺了这个环节，码头方面始终不肯放行。在欧洲航海时，我从没遇到过这种情况。之前不管到哪个码头，包括土耳其和塞浦路斯，都是进港之后再办理手续，其实并不复杂。

3个小时之后终于盼来回复——让我即刻离开黎巴嫩水域。

不能停靠黎巴嫩，就意味着我只能一口气把船开到埃及，可大白的油已经不多了，而且埃及进港同样需要预约。我没有办理当地的手机卡，手机也没有信号，不管是黎巴嫩，还是埃及的代理我都联系不上，更别提打电话向中国大使馆求助。

码头近在眼前却不能进，到下一站看上去也是死路一条，这让我感到非常崩溃。我不断跟海警沟通，费尽千辛万苦终于联系上了码头经理，把事情原委向他说明，并强调我的船没油了，就算不能进码头，至少也让我加点油。对方了解情况后，想方设法帮我找了一个代理办理入港手续，最后经过8个小时的等待，从天亮熬到天黑，我终于踏上了贝鲁特的土地。

图4—1　贝鲁特码头

因为我是第一个开帆船进入黎巴嫩的中国人,此前没有先例,所以我的签证是一天一签——每天早上9点到码头办公室领签证,晚上9点前必须回到码头并把签证还回去,周而复始,不厌其烦。办签证时,我认识了一个当地朋友——乔瑟夫,他开车载我进市区取了钱、买了电话卡。当时人民币和黎镑汇率是1:214,而且黎镑还在不断贬值。结果我取了一大沓面值100000的黎镑。

我原以为在黎巴嫩境内很少有中国人,但和乔聊了之后才知道并非如此。乔的家里是开工厂的,设备全部是中国制造。他的兄弟经常到中国出差,而他姐姐的几个孩子还都在学习中文。

在黎巴嫩的首都贝鲁特，能看到大家端着啤酒在菜市场聊天，看到街上有很多打扮时尚的年轻人。各种风格的小酒馆满大街都是，英格兰式的、美式的、比利时的，或许拐过某个街角就会遇见一家特别时髦的小店。

黎巴嫩曾是法属殖民地，所以这里的很多建筑都是法式风格的，但不像巴黎浪漫的白色墙面，这里结合了本地的土黄色，同时也因为年久而显得沧桑破旧，反而有种非常独特的美感。走进一片老的居民区，一个小伙子的脚边放着几桶颜料，面对着一面空墙喷绘；我继续往前走，原本老旧的建筑中赫然冒出一栋异形高楼，一大面墙都是绿色植物，每个房间都有独立的大阳台；转一个弯猝不及防冒出一个艺术画廊，隐藏在毫不起眼的两栋家属楼之间。

这就是贝鲁特的神奇之处，它有着法国的优雅浪漫，有着中东的粗犷风情，有自己历史带来的悠远和沧桑。这座城市的艺术感，给我带来了很多冲击，让我在很多细节中感受到当地人的艺术素养。街上时不时地能看到搞音乐节的年轻人，不知道他们为什么聚集在一起。

走累了就在一家饮品店歇脚，点上一杯果汁。果汁5000黎镑，折合人民币25元左右，物价不算低。回到码头，我找出一个熊猫玩偶，和一本成都的旅游宣传册送给乔瑟夫，以表达自己的感激之情。如果没有他的帮忙，我在贝鲁特会寸步难行。

因为我只是做短暂停留，乔推荐我一定要去看看比布鲁斯古城。这是世界上一直有人居住的最古老的城市之一，历史可以追溯到 7000 年前。古城跟腓尼基字母表的发展传播息息相关，而腓尼基字母是世界字母文字的开端。古城门票 8000 黎镑（约 40 元人民币），用半天时间参观就足够了。离开布鲁特前，我想为接下来的航海准备点干粮，可是当地所有的烤饼全都裹了芝士，吃起来很腻。我在网上找到一种不带馅儿的馕，长得像爱马仕手包一样，特别有意思。我决定就买它。

这么一个相当有当地特色的东西，只有本地人找得到。我叫了一辆出租车，请司机大哥为我带路。我们一路走街串

图 4—2　"爱马仕手馕"

巷，在一个加油站旁停下。下车后，司机又带着我走街串巷，最后找到一个居民小区楼下的饼店，买到一只珍贵的"爱马仕手馕"。我问司机，为什么他们要把馕做成这样，他说大家会先把馅儿装进去，然后提着馕疯狂摇晃，里面的东西就能混合均匀了。

我喜滋滋地提着手馕回到船上，用刀喇开一个口子，把前一晚炖的青椒香菇牛肉舀进去，居然完全没漏。吃完包身的部分，把剩下的把手部分撕成小块泡进牛肉汤里，下顿饭也解决了，真巴适。

晚上 6 点，我开船驶离码头，前往苏伊士运河。

过苏伊士运河

苏伊士运河是连通地中海和红海的重要航道，也是我从欧洲海域深入亚非区域的必经之路。从黎巴嫩的首都贝鲁特沿海岸线南下，经过两天一夜的航行，我抵达在埃及的第一个停靠点，也是运河的起点——塞得港。临近港口，海面上肉眼可见地繁忙起来，大大小小的货轮都从四面八方朝这边会聚。我只有一个愿望：在苏伊士运河遇见一艘中国的船，只要一艘我就满足了。

据我所知，在我之前穿越过苏伊士运河的是前辈翟墨，他是中国单人无动力帆船环球航海第一人。不知道我是第几个单人单帆过这条运河的中国人呢？

之前在德国，我曾穿越过基尔运河。虽然同样位列世界十大运河，但它跟苏伊士运河相比，无论在规模，还是运力上，都完全不在一个量级。基尔运河连通北海和波罗的海，

图 4—3　临近塞得港

原本是德国为了避免军舰绕道丹麦半岛而建；苏伊士运河连通地中海和红海，不仅是亚非两洲的分界线，还是亚非跟欧洲之间最直接的水上通道，对三大洲，乃至全球都有非常重要的经济和战略意义。因此，过河手续也比基尔运河复杂很多，连过河费都贵了 10 倍以上。

基尔运河的过河费是 18 欧元，可以通过自助售票机买票，苏伊士运河则要测量船的尺寸吨位后才能给出价格，大白的过河费算下来是 196.42 美元，加上码头的清关费、代理费和两位当地领航员的费用，以及杂七杂八的手续费，一共花了 800 美元（近 6000 元人民币），实在不便宜。苏伊士运河的航程分为两段，以中间的伊斯梅利亚为中转点，每段大

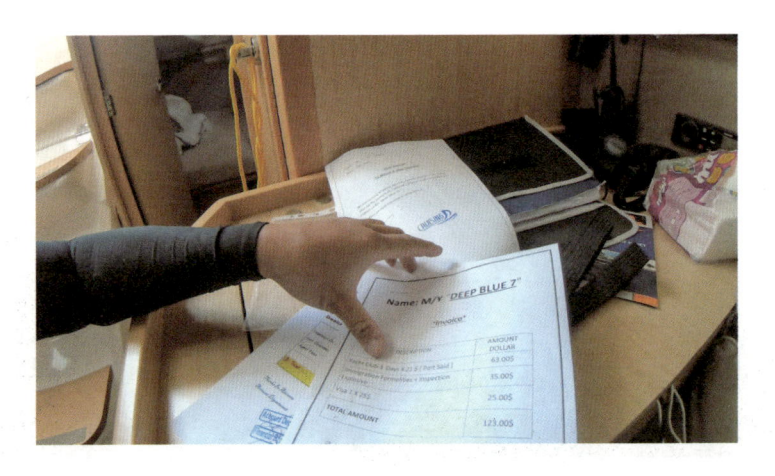

图4—4 过苏伊士运河的单据

概的通行时长为 8 个小时，过苏伊士运河必须配备当地领航员，两段就需要两名领航员。

手续办完之后，我和另一艘帆船的船长阿通留在塞得港等候放行通知——我们是这次过苏伊士运河唯一的两艘帆船。阿通是真正的老船长，他和妻子已经在海上航行 9 年了，不知道去过多少地方，他的经验非常丰富，我们聊了很多有关航海的事情。

2019 年 12 月 9 日早晨 5 点，领航员加里克上船，我们起锚出发。阿通的船走在前面，我开着大白跟在后头。加里克从头到尾都神经紧绷，他上船后除了向我索要红包，说得最多的一句就是"向右靠"，让我给后方的货轮让路。与此形成鲜明对比的是运河里的渔船,即便巨轮离它们只有不到100米的距离,这些小船仍无动于衷。而巨轮往往会稍微偏转航向避让它们,因为在航海里有规定,外来船只避让当地渔船、机动船避让非机动船,这是规矩。

下午时分,一艘写着"大连号"的货轮出现在左舷,这是我航海9个多月来见到的第一艘中国轮船。我马上通过VHF呼叫对方:

"大连号,大连号,请问是中国船只大连号吗?我是中国帆船深蓝号,我在你的右侧。"

图4—5 大船让小船

几秒钟后，对讲机中传出说话声，但我没听懂。"大连号"船尾写着香港，看来是一艘来自中国香港的船。

第一天的航程结束后，我和阿通在伊斯梅利亚的停泊点休息了一晚。第二天，另一位领航员礼得上船。在明艳的朝阳中，我们踏上下半段航程。

下午，我又遇到第二艘中国货轮"新烟台号"，通过16频段呼叫了好几次，可根本没人搭理我。不知道他们为什么

图4—6 呼叫"新烟台号"

不回复，或许是因为太忙了而没顾上，又或许根本就没有收到我的呼叫。两度遇到中国货轮却没有见到想象中"老乡见老乡，两眼泪汪汪"的情景，我不免有点失落。不知道下次遇到中国船会是什么时候，但我依旧满怀期待。

10日晚上5点，我和阿通顺利抵达苏伊士市。两天后，我把船开到埃及红海边的加利卜港，我和大白将在这座港口停留到明年3月，之后再起程跨越亚丁湾。

图4—7　加利卜港

为什么一定要等到3月份出发呢？这跟北印度洋的气候有关。由于我的回国路线是顺着红海南下，穿出亚丁湾进入北印度洋，然后沿着亚洲的海岸线把船开回中国，所以北印度洋的风和洋流情况对我来说非常重要。现在已经是12月，直到明年4月左右，北印度洋都存在逆时针环流，跟我的航向相阻，到了5月才会再次出现合适的时间窗，所以我计划把船停在埃及加利卜港3个月，争取等到4月份跨越亚丁湾，随后乘夏季风往东航行。加利卜港是埃及最南边的一个国际港口，离苏丹最近，接下来的3个月里，它就是我的暂时栖息地了。

埃及团聚

加利卜港的码头，海水像果冻似的又蓝又透，15 米以上的水深能一眼看到底。远处的海面上不时飞过一小群飞鱼，而在大白附近，有很多非常小的热带鱼活泼地游动着，就像碎金箔一样在阳光和海水的折射下闪着光。码头壁上竟然还长出了许多小珊瑚，这还是我第一次见到水泥墙上长出珊瑚。

从码头到商业区可以搭乘水上的士，船票的票价是 2 埃镑，方便快捷。商业区里有小超市、餐馆、商店和礼品店，日常所需都能买到，不过这里是专门针对游客开设的，所以价格很贵。

2019 年的最后一周，我接到一个广告拍摄任务飞往澳洲。确定好返程日期后，我和苗苗买了同一时间在阿布扎比经停的航班。她带女儿小七从上海出发跟我会合，之后我们一起回加利卜港。距离上次在西班牙见到她们，一晃又过了半年，从那时候小七还只会爬，现在已经能站起来了。2020年的1月，是女儿的一岁生日，又是农历新年，正好一家人在埃及团圆。

我们的飞机在卢克索降落，顺便在那里买了很多果蔬和羊腿肉带回港口。苗苗是北方人，习惯吃面食，所以小七的生日我们包了羊肉馅的饺子。码头不大，超市里买不到面粉和鸡蛋，我从工作人员那儿打听到，离我们不到4公里的地方就是当地人的生活社区，那里有相对大一点的超市。于是，我花了100埃镑（合人民币44元）租了一辆小高尔夫车，载着老婆和女儿去那里采购物资。

回到船上，我和苗苗一起和面、拌肉馅，她负责包饺子，我去给小七取蛋糕。女儿的1岁生日，送什么礼物好呢？我听说在红海潜水，运气最好的话能遇到儒艮，也就是传说中的"美人鱼"。如果能在小七生日那天找到儒艮，那将会是非常好的寓意。正好我是潜水员出身，做的事情也总跟大海有不解之缘，那就为我的小七寻找美人鱼吧。

儒艮是一种海生哺乳动物，分布在全球超过37个国家和地区，但由于被大量捕杀及栖居地遭到破坏，现在已经很难觅得它们的踪迹。我问了很多当地人，终于打听到一个叫马尔萨·穆巴拉克的海湾最有可能看到儒艮。那个海湾离我们的码头仅相距3公里左右，带上露营帐篷和潜水用具，我们打车前往这片神秘的人鱼湾。

图 4—8 码头带娃

海湾除了有几处建筑工地之外荒芜一片，风特别大，几乎把苗苗和小七连人带帐篷一起刮跑。不过越是这种地方，越有机会。安顿好母女二人，我就下水了。不远处停着一艘大船，应该也是带游客来找儒艮的。我尽可能地远离他们，船的动静那么大，什么都被吓跑了。

图4—9 "美人鱼"儒艮

尝试了3次下潜，我只看到鳐鱼和海龟；第4次，在几个同样找儒艮的潜水员朋友的帮助下，我终于见到传说中的美人鱼了。这是我第一次这么近距离地看到儒艮，它目测有2米长，身上附着着四五条细长的吸盘鱼，跟着它一起缓慢游动。儒艮游动的姿态很美，尾巴摆动起来的确就像电影里的美人鱼一样，非常温柔和优雅。它以啃食海草为生，它的脸从侧面看有点像微笑的模样，特别可爱。我拍摄了很多视频记录下它，以后等小七长大了，随时随地都能看到这些美好的生物。

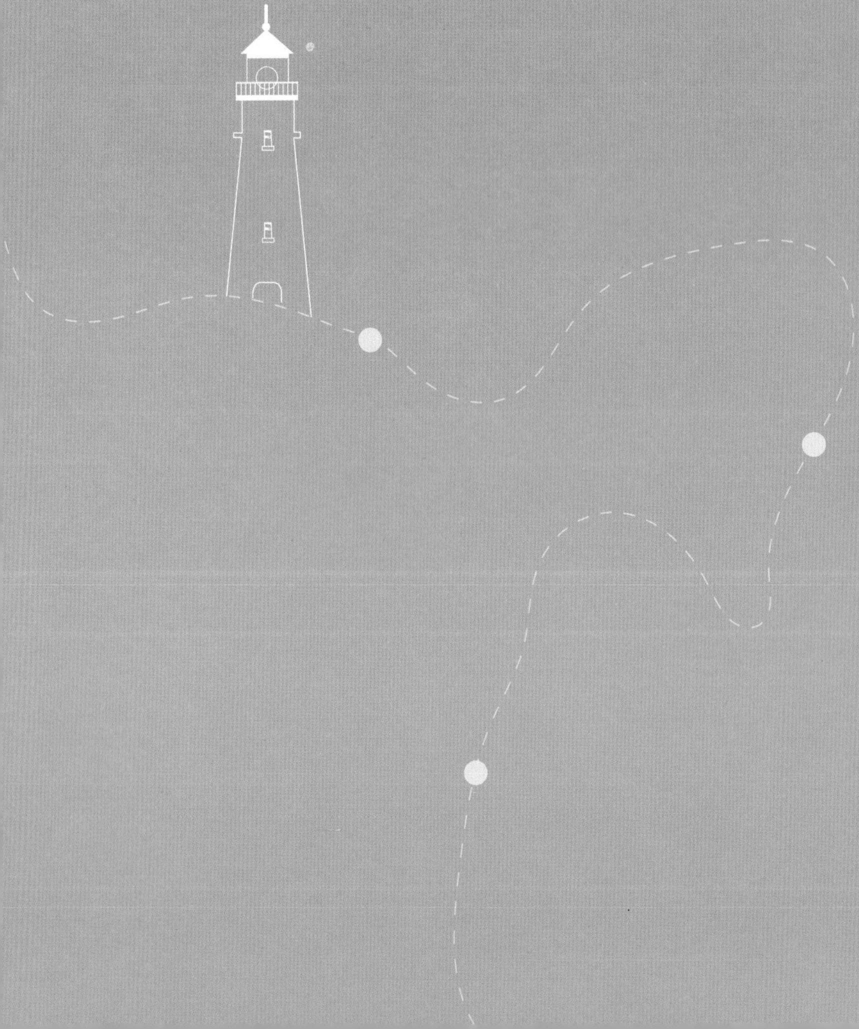

Part 5

红海流浪记

滞留加利卜港

转眼到 2 月，离前往亚丁湾的时间越来越近，我该着手准备了。有两件重要的事情：第一，找到在苏丹和吉布提的船代（负责船舶业务的代理人员），并提前把入境和入港需要的资料复印件交给他们。因为从埃及到亚丁湾需要纵穿整个红海，途经苏丹、厄立特里亚和吉布提三个国家，依照非洲的航海惯例，船只在每个国家入港前必须提前预约，并有当地对接人帮忙办理好所有的入境停船手续，否则不得入港，这个教训我在黎巴嫩就得到过，不能再发生第二次了。第二，联络上中国驻吉布提大使馆，获得中国海军护航编队在亚丁湾的护航路线和时间表，为穿越亚丁湾之行做好危机预案。当然，还有两名伙伴很快会跟我会合，分别是从河南来的小刘同学和之前在希腊见过的俄罗斯船长，他们将陪我一起穿越红海抵达吉布提。而以吉布提为起点的穿越亚丁湾的部分由于风险太高,将由我独自完成。

18日一早,把苗苗和小七在酒店安顿好后,我跟埃及向导阿卜杜拉一起开车前往埃及南部城市阿斯旺,寻找我在苏丹的船代,通过他得到了吉布提船代的联系方式。接下来,我决定亲自飞一趟吉布提,当面和船代交接入境和入港所需的文件,顺便办一张当地的电话卡,以便开船到吉布提领海时,我的手机能够保持通讯。

此时正值特殊时期,吉布提的安检比以往严格许多。刚下飞机,我就被相关工作人员单独拉到一间帐篷里填资料、测体温,折腾到天黑才被放出来。

因为语言不通(吉布提说法语),我住的是一家中国人开的山东饭店。第二天一早,老板让一名员工陪我去办手机卡;下午,我在饭店跟吉布提船代阿里碰面,交接文件并支付预付金。阿里的代理费是270美元,加上我和另外两名乘客的签证费每人30美元,一共是360美元。我先付给他60美元,剩下的部分等开船到了吉布提再结算。

交接完毕,他开车带我到吉布提港看停船点,由于码头费用昂贵,停泊一周的费用高达300美元,阿里建议我在港外的海湾抛锚,这样3天才花费10美元。他有一艘小渔船,到时候可以帮我把水和柴油运到大白上,还能送我上岸采购物资。来到吉布提港,我发现这里泊了不少帆船,阿里说,那是法国和加拿大的船队,从印度出发一路回德国,跟我的方向正好相反。如果我没猜错的话，他们是刚完成亚丁湾的穿越。

看过停泊点，我们一起去往购买补给的地方。原以为会是一个简陋的小超市，没想到竟然是一座远超想象的大型购物中心。这里竟然有这么大的商业综合体，属实出乎我的意料。

3月20日，我和小刘、俄罗斯船长回到停靠在加利卜港的大白上。距离出发还有一周左右的时间，我们在码头进行最后的补给和准备工作。

图 5—1　船代阿里

我把亚丁湾的航程分为两段，第一段从埃及到吉布提，我们三人同行。第二段是穿越亚丁湾，因为风险比较高，由我独自完成。从埃及到吉布提纵穿整个红海，所以我们把这段航程命名为"红海行动"。

从加利卜港到吉布提有将近1100海里，需要航行10天，鉴于中途补给不方便，我们囤了比以往更多的柑橘柠檬、蔬菜、鸡蛋、肉类和各种罐头；饮用水在码头订了30桶，每桶6升，够我们在海上用两个月了。考虑到穿越亚丁湾的危险性，我在装备上也做了升级。特意新增了大分贝扬声器（用于求救和发出警报）、100瓦的氙气探照灯、升级版防爆灯（夜航时警示大船）、夜视仪、紧急气瓶（可供水下作业10~15分钟）和2只200升的油袋，所有装备都是国产的。

就在我们等待清关手续的同时，灾害正在蔓延各地，整个加利卜港几乎全都空了，商店、餐厅、酒店全部关停，只剩下我们和另外两三艘船上有人。没有别的事情可做，甚至不能走出港口，每天除了打苍蝇就是刷船。红海的生态环境非常好，微生物非常有活力，船底不到一周就能长出各种海生物。虽然它们不会对船只造成实质性的损害，但积多了会大大增加船体的重量，拖慢行驶速度。反正闲着也是闲着，我给紧急气瓶打上气，下水刷船。就在我全神贯注地清理船底时，一只紫色的水母悄悄靠近，漂到离我只有不到半米的

图 5—2　升级航海装备

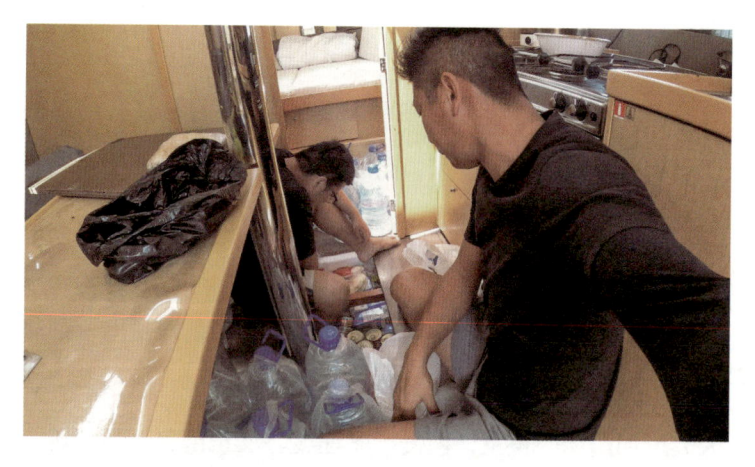

图 5—3　为红海行动准备的物资

地方，我扭头一看，被吓得魂飞魄散，赶紧往反方向游。因为在水下太慌乱，没看清楚，上岸后仔细观察才发现不是我以为的僧帽水母。不过多半也有毒，尤其是带颜色的。几分钟之后，大白就被这种水母包围了，可能是我刷下的营养物质把它们吸引过来的。幸好我跑得快，不然很可能成为全世界第一个刷船时把自己刷没的船长。

跟我们一起滞留码头的还有一艘英国船和一艘荷兰船的船主，他们都是夫妻档，英国船是一对老夫妻，荷兰船是一对小夫妻，我们常互相串门。英国船主希德和丽萨有过亚丁湾的航行经验，我趁机向他们取经。

图 5—4　紫色水母

我最担心的问题是海上没信号，无法跟护航编队取得联系。因为通常船与船之间通过甚高频 VHF 联络，但麻烦的是有距离限制，如果超过 100 公里，对方就很难收到我的讯息，而且我只有一台手持设备，不像大船都配备了大功率电台；二则是频段公用，在里面喊话，所有在该频段的船只都能收到。如果对方认为信息与自己无关就不会回复，针对性较差。希德告诉我可以用卫星电话联络护航编队。为了保险起见，最好出发前给他们发一封邮件提前报备，说明自己的身份和航行计划。

图 5—5　希德和丽萨

荷兰船主赫曼是个动手能力超强的小伙子。我买了两块太阳能板,是他帮我搞定了所有的布线和调试,这样即便在野外长时间抛锚,也不用担心船上的供电问题;本该为大白安装摄像设备的团队临时来不了了,我和赫曼决定亲自动手安装摄像机;他还帮我在大白的桅杆上安装了红蓝警报灯。总之,赫曼帮我解决了所有棘手的大问题。

赫曼是个体育老师,他和妻子都很喜欢旅游,两个人工作几年攒下一笔钱,买了船后旅行了两年。他们平常把开销降到最低,几乎不进码头,选择在港外抛锚;船的改造、维

图 5—6 荷兰船主赫曼

修保养也都是自己搞定,这也是赫曼动手能力如此强悍的原因之一。

我在美国学船的时候也没什么钱,全靠给别人洗船赚生活费,根据船只大小收 50~100 美元,还抓龙虾卖给当地的中国人。离开美国之前,我把自己的二手船卖了三四千美元,竟然还小赚了一笔。

3月26日,物资准备、设备安装、船只检测工作已全部完成,只剩下最后的,也是最重要的一项——油料补给。大白的两个油箱已经装满,另外两只200升的备用油袋也要加满油。由于埃及油价对外国人会贵很多,我花点钱请一位埃及船长帮我加了些油,就万事俱备了。

"红海行动"启动

2020年4月1日,筹备了3个月的"红海行动"终于启动。

"红海行动"以埃及加利卜港为起点,途经苏丹、厄立特里亚,在吉布提收尾。成员原定我、小刘和俄罗斯船长,可几天前,俄罗斯派军机到埃及撤侨,这哥们儿跟他的俄罗斯女朋友一起蹭军机回去了,只剩下我和小刘相依为命。为了以防万一,我和小刘各录了一份生死状,声明此行跟国家或任何机构无关:

我叫韩啸,我是自愿参与本次红海行动的,我所有的责任由我自己承担,在航行的过程当中我也一定会为自己的行为负责。本次活动不和任何的机构或者和国家有任何的关系,都是我个人的意愿去完成的,所有责任和所有风险由我自己承担。

大家好,我是刘伟健,我是自愿加入此次红海行动的。

我了解航海的风险，自愿参加这次活动，我已经告知了我的家人，在航海过程中所有的风险和责任都将由我自己来承担。

下午 2 点，我和小刘完成了清关手续，随即向吉布提进发。出发前，苏丹船代给我发消息说苏丹港已经暂停对外开放，任何船只禁止进入。唉！看来此行注定充满艰难。不过，当大白离开港口再度驶向深蓝这一刻，兴奋还是压倒了所有忧虑。

终于，我们出发了！

图 5—7　驶离加利卜港

"红海行动"全程1100海里,第一段从埃及到苏丹,三天四夜;第二段从苏丹到吉布提,六天七夜,这期间我们会在路上找锚地休整一两天。伙食是出发前卤好的鸡蛋、鸡腿、牛肉和土豆等,我们卤了很多食物,用分装袋分成小份冻在冰箱里,饿了取出来热一下就能吃了,很方便。

　　出发的第二天,我和小刘就见证了一场奇观——上百只海豚的大游行。我不是第一次遇到上百只海豚了,但这还是我第一次见到这么多海豚同时嗨爆。到底是什么让它们如此兴奋?

　　事情是这样的,4月2日早上6点,睡梦中的我被海豚吵醒,它们整晚都在船边徘徊,我睡在甲板上可以清楚地听到它们换气的声音。这些海豚的个头比我在地中海和大西洋见到的那些还要大出很多,而且头部是圆的,给人一种憨憨的感觉。当终于从酣睡中醒来的小刘同学走出舱门时,正好看到两只海豚同时跃出水面,他激动得直接飙出一记海豚音:"船长!有海豚你不叫我?"

　　"我叫了你啊,敲你卧室门,半天都没反应!"

　　因为有自动舵控制船向,我们没什么事可做。小刘连上蓝牙,把扩音喇叭打开,开始了一个人的KTV。那几只海豚本来都游走了,结果听到歌声又游了回来,四面八方还有更多的海豚朝我们聚集而来。它们迅速跟上大白,接连跃出水面还亮出肚皮翻滚,它们竟然是专程来陪我们玩的!它们携家带口，在大白的前后左右来回穿梭。我觉得我和小刘得到了红海最高规格的接待——海豚护航。

这些小家伙跟我们相伴了半个多小时才逐渐散去。之前常听人说，海豚是水手的吉祥物，是船的领航员，的确是这样。万物有灵，在一望无际的茫茫大海上，有了它们的陪伴，枯燥的旅程便不再孤单了。

经过四天四夜的航行，我们抵达苏丹的一片锚地，离苏丹港还有 15 海里航程。我用卫星电话联系苏丹船代，得知港口 14 天后才能进入。14 天，我们这种小船可耗不起，好在船

图 5—8 唱歌吸引海豚"护航"

上物资充足，我和小刘就不准备进港了，在锚地休整两天接着赶路，一路过来都是大风大浪的，我俩早就筋疲力尽了。

锚地是一片天然珊瑚环礁，在海图上的标注存在很多问题，比如我们原本以为这里是片荒岛，可到了才发现有一座灯塔。有灯塔意味着有人值守，于是，我提前填好了一份阿拉伯语的紧急停靠申请单，这是当船只发动机出现故障或者遇到特别糟糕的天气时，可以在没有任何证件的情况下进入码头的默认约定，但也不一定有用。无论如何，我想试试运气。

此外水深也跟实际深度差别相当大，在海图显示为4米深的位置，我们把锚链全放完了还没到底。深度计打不出数字表示水深至少超过20米，而且能看到海水清晰的分层，这说明深度变化很大，随便乱走会有触礁的危险。在我们前方不远处有一艘小渔船，我跟小刘讨论要不要请他们带路，最终还是放弃了这个想法。

算了，我们卷起帆，靠发动机的动力小心摸索进入环礁中央。小刘站在船头看路，帮我避开明显的礁石。当深度计终于打出8.8米的水深，我关掉发动机，把船锚定。

苏丹和吉布提是出了名的热，大白上没装空调，我们俩坐着不动就是一身汗。我决定下海游泳，顺便抓两条鱼回来改善伙食，小刘不会游泳，穿上救生衣在船边漂着。

红海鱼类特别丰富，尤其在珊瑚礁附近全是大货。潜下

181

去那一刻,我的脑海里就自动蹦出了上百种鱼的做法,水煮鱼、酸菜鱼、红烧鱼、清蒸鱼、火锅鱼……在这儿锚上一个月我跟小刘的伙食都不带重样的。五颜六色的热带鱼贴着珊瑚礁慢腾腾地游动,没有一点警惕性,我看准一条红色大鱼,

图 5—9 锚地航拍

一枪命中，红底蓝星，是一条极品东星斑。

这条鱼重七八斤，比我的小腿还要长。在甲板上刮掉鱼鳞、掏出内脏，再用海水冲洗干净。我剖出一侧的鱼肉做刺身，晶莹剔透的鱼肉细腻紧致，蘸上一点芥末酱油送进嘴里，

图 5—10　捕捉到东星斑

满口的鲜嫩直接化开。

　　我早就答应小刘，要给他做酸菜鱼和炒螃蟹，所以这条鱼剩下的部分被我处理成了鱼片和鱼排，作为酸菜鱼的原料。2斤的大鱼头，直接扔进蟹笼里钓螃蟹。我就不信这么奢侈的大餐，螃蟹还不上钩！

　　我自己腌了一桶四川酸菜，跟超市买的酸菜鱼调料、葱姜蒜一起爆香，加水煮开后再放几片番茄增味，加入用淀粉拌匀的鱼肉。出锅前撒干辣椒面，淋上热油，椒香麻辣的味道瞬间充斥船舱，口水都冒出来了。我们把鱼端到船舱顶上，就着美得无与伦比的海上落日，奢侈地享受这顿千里之外的思乡大餐。

图 5—11　海上露营

第二天，我把蟹笼捞上来时，鱼头还完完整整地躺在里面。我把笼子重新扔进海里，继续守笼待蟹。没螃蟹吃，我下海打了两条青衣，还被一条海狼尾随，它想不劳而获。我和小刘决定"盘"它。听说海狼很凶猛，我在鱼钩上挂好青衣的鱼头递给小刘，让他小心点。鱼钩下水，海狼立即咬钩，小刘手上的渔线猛地绷紧。

"快放一点渔线，太紧了！这鱼力气很大！"

小刘赶紧松线，海狼在水面上扭出一阵浪花，渔线上的力道没有丝毫减弱。小刘把海钓盘摁在肚子上全身向后仰。

"不行，不行，我拉不住！"我赶紧接过海钓盘，然而渔线上的重量却已经消失——海狼竟然挣脱了！小刘把右手伸开，四根手指上全都被勒出了血，还在止不住地抖。我把渔线收上来，发现三根铁鱼钩直接断掉一根……这是什么鱼啊，也太猛了吧。一定要收拾它，给小刘报仇。我又挂上一个鱼头扔进海里，然而那条阴险的海狼竟然再也能没上钩。

在这片"世外桃源"充分休息了两晚后，我和小刘还是决定去一趟苏丹港，蹭网下载风向地图。天气信息对航海来说至关重要，没有风向地图，我们寸步难行。小刘在船头起锚，几分钟后我发现船还停在原地。

"怎么了？起锚啊，准备走了。"

"船长，锚收不上来啊。"

"怎么会收不上来呢？用力啊！"

小刘又试了两次，船还是纹丝不动。我有种不祥的预感：船锚可能被卡住了。我放下帆索，到船头用遥控器试着收了一下锚链，链绳迅速绷紧，但是锚没被拉起来。

得，我们遇上麻烦了！

这是航海中最棘手的情况之一。一般锚地水下都是软硬适度的泥沙地，锚嵌入后能够很好地形成抓力，同时也不影响起锚。但万一遇到海底有礁石卡住船锚，基本上就很难再取出来了。通常船只遇到这种情况会选择直接弃锚，就是这么现实。但大白上只有一个船锚，再加上许多港口暂停对外开放，接下来的航段中我们十有八九只能在锚地停船了，弃锚？不可能的！

大白泊在珊瑚环礁的中央区域，也就是说，我们周围一圈都是礁石。祸不单行，风还不小，把船往环礁的方向吹，十几吨的帆船把锚链死死绷直。要想解锚，我和小刘必须严密配合，他微微给船向前的动力，让锚链松懈下来，我潜水把锚从石缝中撬出来。大白离环礁只有二三十米的距离，锚一旦松开，小刘就要把船向礁石的反方向开，但风让情况变得更加复杂，而且小刘没有开船经验，我很担心。

我先下水尝试了一次，小刘控船。努力了近10分钟，我把锚取出来了。赶紧游回船上让小刘起锚，结果锚链往回收了几米再一次卡住了。水下是成片的珊瑚礁，奇形怪状、坚硬无比。没办法，我只能再下去一次。最后尝试了1个小时左右，锚终于完全收了回来。我腿上也被刮出一道口子，但除此之外，总算是有惊无险。

前一晚，锚地那艘小渔船来找过我们，是两个非常友好的渔民。他们可能是看到一艘外国船孤零零地泊在那里，担心我们没食物，所以想给我们送鱼。鱼倒是不缺，但柑橘柠檬都快吃完了，我请他们帮忙再捎一些过来。这两位渔民不肯收钱，最后我回赠了一盏头灯作为礼物。本来该等他们的，但考虑到抵达下一个锚地的时间，我们不得不先出发了。

"红海行动"变"红海流浪"

在苏丹港下载完风向地图后,我和小刘调转船头迅速撤离。要想继续赶路,我们必须知道接下来几天的天气情况,然而,苏丹网络信号太差,离岸边几百米的海上都搜不到任何信号。我们还花了2美元,让岸边的保安帮忙处理掉船上攒了一个星期的垃圾,不管怎么说,苏丹我们也算到此一游了。

气象预报显示,接下来的2天,海上没风,我决定先把船开到苏丹和厄立特里亚交界处的一处锚地停泊,等到8日晚上起风了再接着赶路。从埃及带的一大袋烙饼全都发霉了,被我们抛进海里喂了鱼,水果蔬菜和淡水也在大量消耗,到锚地后必须想办法弄些补给。7日下午5点,我们赶在太阳下山之前来到锚地附近。就在我观察水深找抛锚点的时候,一艘小艇朝我们驶过来,看样子应该是海岸警卫队……

我让小刘拿着 GoPro 先进船舱，然后通过 VHF 向对方报备：我们从埃及来，知道苏丹暂停对外开放。我们不会靠岸，在锚地停一晚就走，而且我可以出具紧急停靠的申请单。

对方在说什么我一句也听不懂。他们把船径直开到大白四五米开外，冲我们不停喊话、绕圈，阻拦我接近锚地。我也懂他们的意思了，表示马上离开。我想，再坚持两天一夜，直接到厄立特里亚的停泊点吧。

第二天，海上迎来狂风大浪，浪高达到 3 米；第三天，天色变得十分阴沉。我和小刘已经好几天无话可说。连日奔波的疲惫、无处停靠的沮丧、没着没落的担忧，好好一个"红海行动"变成了红海流浪。我们就像两个流浪汉，一个多星

图 5—12　停靠在苏丹港的巨型货轮

期没洗过澡了,海水混着汗液和灰尘搞得全身臭不可闻。

快下雨吧!下场大雨就能洗澡了,还可以顺便储备点淡水。我把甲板上的被褥和衣服都收进船舱,开始祈祷降雨。结果这海上的雨不该下的时候,它往死里下,该下的时候,随便糊弄几个雨点子就完了。

10日晚上4点过,终于看到锚地了,比我们计划的晚了整整40分钟。至此,我们在红海的穿越已经完成了3/4,就剩从厄立特里亚到吉布提的最后一段,大概是3天的航程。太阳即将落山,海上没有红绿浮标指示航道,我迅速收掉主帆后回到舵边,盯着深度计上跳动的数字,争分夺秒地摸索适合抛锚的水域。这里其实是厄立特里亚的一座荒岛,按说停船在此处不会有人为难,我和小刘虽然心里都没底,不知道等在前方的到底是惊喜还是惊吓。

哪怕停一晚都非常必要。

一方面,我们的体能和精力都已经耗尽,迫切需要休息;另一方面,我必须跟吉布提船代和中国驻吉布提大使馆取得联系,落实入港事宜——吉布提港是一定要进的,因为它是跨越亚丁湾之前的最后一站,错过吉布提就没有港口可停了;而且小刘计划从那里乘飞机回国,我也需要补给物资和燃料、给船做检测保养,并等待跨越亚丁湾的最佳时间窗。没做好万全准备就贸然前进,我们毫无疑问会被直接驱赶出境。

安安稳稳地睡了一夜,精神恢复不少。一大早,我先打电话联系吉布提的船代阿里，我需要知道吉布提港是否开放，或者什么时候开放，以及我们怎样才能进港。阿里建议我在抵达前先跟中国驻吉布提大使馆打招呼，由大使馆出面帮我们向吉布提港报备。我和小刘的入港文件早就办好了，按理说，只要能呼叫上港口就没问题。

联系完阿里后，我又打电话给大使馆的工作人员，他们听完我们的诉求后答应帮忙问问看。要不是万不得已，我是真不想给国家添麻烦，只是现下的情形已经完全超出我的能力范畴。只要能进港，我和小刘别无他求。

刚打完两通电话，厄立特里亚的海警回来了。他们早上刚巡查过一遍，告诉我们在荒岛抛锚要有许可证。我没有许可证，向他们出具了紧急停靠的申请单。显然，他们不认可这个。我们又再次被驱离了……这下真要山穷水尽了。出发时塞满冰箱的橙子和柠檬只剩十几个，还有3颗烂番茄，蔬菜是一根都没有了；肉还剩一些，以及没吃完的卤蛋和十几盒罐头。船代让我们到吉布提后先在穆沙岛抛锚，他们给我们运些物资和柴油。但是从锚地到穆沙岛至少还得再漂两天……我和小刘瘫在甲板上一动不动，嘴里一点味道都没有，好想念前几天做的酸菜鱼啊……

恍惚中，我似乎闻到了糖醋排骨的味道。"如果能有菠萝炒饭，配上一碗酸滋滋的冬阴功汤该多好？再来个麻辣火锅，完了撸个串，必须点羊腰子。小龙虾我也能做，可惜现在没材料啊……"

小刘听我点完菜,开始点他的:"十三香小龙虾先来10斤,奶茶加双份奶盖。我妈做的红烧肉肥中带甜,一抿就化,贼好吃。火锅加牛百叶、黄喉、毛肚、虾滑,四川干碟来一份,放花生碎和豆粉,油碟也来一份,加个小豆腐乳和小米辣!船长,再搞个什么?"

"吃完火锅,肯定要来碗冰粉撒,加山楂、葡萄干。"

"船长你知道吗,前两晚上我都在偷偷看我们那天在埃及吃的鸡腿,好想吃炸鸡啊!"

就在我们云点菜的时候,大白上来了新乘客,我们叫它

图5—13 在甲板上睡觉

鸥哥。鸥哥是我们船上的第四位乘客,第三位是小苍哥——我们从苏丹带上船的苍蝇。鸥哥和小苍哥都没买票,纯靠蹭,船底下还有个小白龙,是一条鱼。

周围多出很多海鸟,低低地在海面上猎食。水下飞速掠过一群小鱼,紧跟着是一群个头更大的,但不是海豚。我往船下一看,密密麻麻,四面八方的海水不停翻起浪花,全是鱼在追逐!

此时此刻就在大白船下、我们脚下,或许是方圆几百米的海面之下,无比庞大的鱼群正在上演一场无比壮观的猎杀游戏!小刘跟我都快看疯了,全是鱼啊,金枪鱼!就在我们

图 5—14 鸥哥

伸手可及的地方，贴着船头、船舷、船尾，我们站在船上都能感觉到它们翻身划动的力量，每条鱼至少都有二十几斤重！

急死人了！我找出海钓盘挂上鱼饵，小刘负责放线，我把大白的操纵杆直推到底。金枪鱼喜欢速度，大白动力加满都还不到 6 节，对它们来说还是太慢了。我们眼看船下的影子像光滑的炮弹一样一闪而过。真是生气啊！这简直是赤裸裸的侮辱。这么多鱼围着我们炫耀，就是一条也抓不到！这叫啥？这叫干瞪眼！

鸥哥居然还站在船舷上慢条斯理地顺羽毛，一脸事不关己的样子，船上全是它赠送的鸟屎。我和小刘赶它下船抓鱼，这鸟却无动于衷，我还从没见过这么会摆烂的鸟！还是得靠自己，小刘一屁股坐在船尾，开始认真钓鱼。至于我，可能天生没有钓鱼、抓虾、捕螃蟹的命，跟着鸥哥一起摆烂。

船下的追逐大戏已经持续了至少 40 分钟，小刘钓鱼，我抽空给大使馆打了个电话——能否进港还是没有确切答复。

突然，我听到一句"上鱼了！上鱼了"，是小刘在船尾狂喊。我一看，他正费力往回收线呢，赶紧从他手上接过海钓盘。一拉，沉甸甸的，有货！我怕鱼脱钩，尽量控制速度往回收。那条鱼终于浮上水面，是条半米长的鲅鱼。我和小刘兴奋得像野人一样："有鱼吃了，哈哈哈！我们都嗑了几天螺了？！"鱼拽上甲板后，再用网兜住，我用鱼钩刺进它头

图 5—15　钓到金枪鱼

顶的中枢神经——这样杀鱼最干净利落。就在我进船舱里料理这条鱼的时候,又听到小刘在外面大呼小叫。才十几分钟,第二条鱼上钩了!这条鱼力气更大,收线非常困难。等终于把它拖出水面一看,是一条金枪鱼!我和小刘开心坏了。

它是第一条鱼的两倍重,身体是像炮弹一样的流线型,蓝色的波纹就像海浪,在阳光下闪出优美的光泽。

我用刺身刀把它片开,它的肉质像牛肉一样是深红色的,饱满、密实,纹路也像画出来的一样细致,这肉直接切块,就是最完美的刺身。小刘已经准备开饭了,我片出大腹和腰背部,大腹肥瘦相间,腰背则更有嚼劲。肉一入口,感觉前几天的东星斑都不值一提。

抵达吉布提

4月15日清晨，大白越过厄立特里亚和吉布提的交界线。经过15个白天和14个黑夜的流浪，超过1000海里的航行，两次抛锚、两度无处停靠以及各种各样稀奇古怪的事情之后，我们终于即将抵达终点。

幸运的是，大使馆方面有了新的进展，工作人员给了我一位泊在吉布提渔港的美国船长的联系方式，我向他问到了渔港的坐标。我还是提出了紧急停靠的需求，我们都断水断粮山穷水尽了，难道这还不够紧急吗？再说了，我和小刘的手续证明全部齐全，只要进了港，他们还有什么理由赶我们走？

大白正在通过曼德海峡，预计天黑后就能到达渔港。曼德海峡是连通红海和北印度洋的狭窄海道，水下散布着很多水母。小刘之前没看清，还以为是谁扔的烂苹果。另一个不好的情况是自从进入吉布提,就有渔船不断接近我们,已经来了五六艘。当第一艘快艇迅速驶向大白时,我紧张到了极点,还好他们只想要威士忌和香烟。

可即便如此,我也不能掉以轻心。船上没有酒,我和小刘也不抽烟,我们只能拿出一些功能饮料回赠他们,还忍痛贡献出最后一瓶可乐。

根据美国船长的坐标,我们天黑后在吉布提港外围的一座小岛抛锚,等待第二天港口调度室通知我们入港。压在心里这么多天的大石头总算落地,想起小刘吃螃蟹的愿望还没达成,我找出蟹笼,捕螃蟹!

航海到现在已经一年多的时间了,我一次都没抓到过螃蟹。本来只想弄着玩,没想到视频一发出去网友都开始关注这件事,搞得我跟螃蟹杠上了。这次我听从了广大网友的建议,专门留下2条金枪鱼的头和尾巴,装进塑料袋捂臭。我的预感非常强烈,这次肯定能成功。我跟小刘一起把四五斤臭鱼塞进笼子沉到水底。我就不信,这样还抓不到螃蟹!

"小刘,这次我绝对能抓到螃蟹,你信不信?"

"不好意思船长,你做啥我都信,捕螃蟹不可信。在苏丹,你连蟹笼都丢了,你忘了?哈哈哈哈!"

就是前几天在苏丹锚地的时候,我第二次尝试守笼待蟹,结果出发前把线收上来才发现蟹笼都没了。也不知道是不是那条海狼在报复我们……

第二天一早，我去收笼，在船头挂了一整晚也不知道抓到了多少货。收成不错的话，我和小刘晚上就吃一顿螃蟹大餐，好好庆祝一下红海行动的胜利。我拉住笼子的绳索往上一提，没提动，又加了把力，发现笼子非常沉。这是有大货的表现啊！赶快让小刘来帮忙。

"小刘快来，这个提不动啊？"

"我不信，我觉得船长在吹牛。"

我又用力试了几次，松动了，再往上拉线，突然感觉轻了很多。

不会是笼子又没了吧？这可是我最后一个蟹笼了。但手头又不是完全没重量。我不停收线，终于看到了蟹笼的影子，

图5—16 遇到渔船

还好还好，笼子还在。继续往上拉……

"哇！船长，好大一个鱼头！"小刘在旁边狂笑，我把笼子拉上来仔细一看，里面多了三条小破鱼，比我们放的鱼头还小，表情还气呼呼的。我不信。再试一次！我不甘心地又把笼子扔回水里。

10点整，港口通知我们可以进港了。我去收蟹笼，手感比上一次还要轻，笼子很快就浮出了水面。不要告诉我，连那三条小鱼都跑完了……

提上来一看，里面除了臭鱼头啥都没有，笼顶松开一个大洞，小鱼就是从这洞口溜走的。这真是伤害性不大，侮辱性极强啊。算了！大不了以后还是买螃蟹吃。

图5—17 气呼呼的小鱼

美国船上除了那位老船长，还有一个从泰国上船的中国姑娘，他们本来打算一起去马尔代夫，结果马尔代夫也暂不对外开放了，所以一路来到吉布提。听说我和小刘已经一个多星期没吃到新鲜的水果和蔬菜，小姐姐送了我们两大袋食物，有胡萝卜、橙子，还有几包珍贵的方便面。

最近一段时间，当地的物价和服务费暴涨。平常办一张当地电话卡只要500吉布提法郎（2美元左右），现在已经涨到一张要50美元了。想让当地人帮忙去超市采购物资给我们运上船，还不知道会被收多少钱。幸好1个月前我坐飞机来吉布提踩点，认识了几个当地的中国朋友，还留了他们的联系方式，现在派上大用场了。我联系了他们请求帮忙，他

图5—18 美国船长和东北姑娘

们很热心地去超市帮我们采购了很多物资，交给我的吉布提船代阿里。

超市里的东西都很贵，但再贵也得买。我们补充了大量的果蔬、大米、鸡蛋、牛奶、饮用水和零食罐头，一共花了350美元。阿里帮我们把这些东西运上船，加上前后几次运送淡水和燃料，我一共付给他200美元的人工费。

跟我们一同在渔港抛锚的除了美国船，还有一艘波兰的双体帆船，船员是两对小夫妻。他们要帮船主把船从意大利开到塞舌尔，所以也会跨亚丁湾，我跟他们约好一起出发。就像刚进港时美国船给我们送物资一样，我也把新买的食品分出两袋送给波兰的朋友。

图5—19 送物资给波兰船的朋友

网上有朋友留言问我，双体帆船好还是单体帆船好，这需要根据航行情况来看。大致上双体帆船的平稳性更好、更舒适，单体帆船的平衡性更好，更适合远距离航行。

双体帆船相当于把两个单体帆船并排相连，船上空间很宽敞，风浪小的天气中航行非常平稳，但由于船体宽、阻力大，所以动力更依赖发动机，油耗也比单体帆船高得多。我们的航行路线基本一致，都是从苏伊士运河南端的埃及码头出发，纵穿红海来到吉布提，波兰船花了14天，耗油1吨，大白花了15天，耗油仅80升。而且由于长途奔波和一些极端天气影响，波兰船的两个舰桥之间出现了变形，这也是双体船不可避免的问题。

回到大白上，我把没吃完的金枪鱼做成肉松分成三份，这样可以保存更长时间。一份留给女儿小七，一份由小刘带回国给他的家人，剩下的放在船上吃。本来小刘计划从吉布提回国的，谁能料到我们连岸都不能上，他只能跟我一起去闯亚丁湾了。

在吉布提港停靠的第七天，物资、水源已经全部到位，就等柴油上船。前两天，我和小刘检查油料时才发现一件相当让人后怕的事情——两个被我们放在甲板上，暴晒了半个月的备用油袋里装的居然根本就不是柴油，而是350升汽油！由于我们一路上几乎都靠风帆行驶，很少用到发动机，才一直没发觉。幸好没把汽油加进油箱，而且我和小刘都不抽烟，

图 5—20　小刘决定跟我一起跨亚丁湾

甲板上没出现过明火，不然可能早就出大事了。这两袋备用油是出发之前，我在埃及加利卜港托一位当地船长帮忙加的，因为埃及不说英语，他可能是听岔了。当务之急是把这 350 升汽油全部换成柴油。

我跟阿里说明了我们的诉求。汽油价格比柴油贵，他们完全可以把这些汽油拉到岸上以稍低于加油站的价格卖掉，再帮我装满柴油，还能从我这儿赚到一笔丰厚的小费。我也省得重新再买柴油了。

到了中午，阿里和他的朋友给我们送来了换好的备用柴油，万事俱备。阿里以前去过江苏无锡，所以非常喜欢中国，一直跟我说他是黑皮肤的中国人。多亏有他，我们才能在吉布提顺利获得补给。

晚上 9 点，我们起锚扬帆，直指亚丁湾。

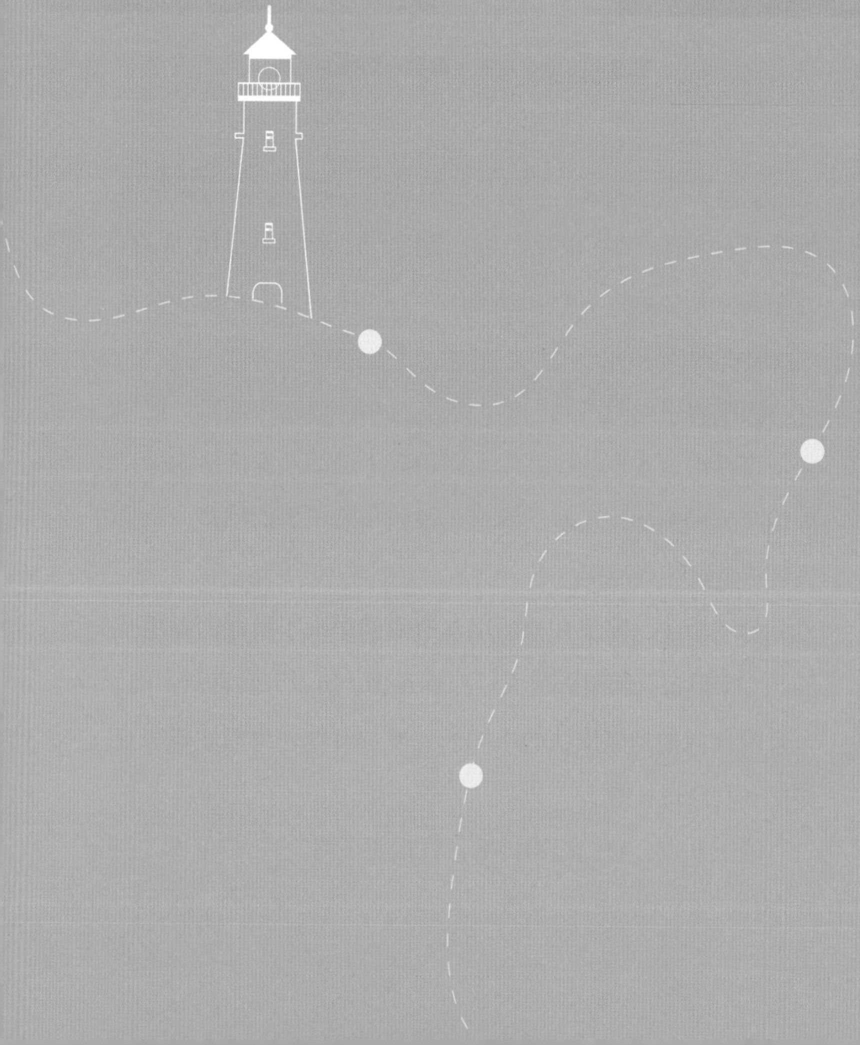

Part 6

勇闯亚丁湾

遇见中国海军

亚丁湾，被国际海事局列为全球最危险海域，它是我回国途中最凶险的一段，早在4个多月前还在希腊时，我就开始筹备。现在，这一天终于来了。

穿越亚丁湾，风向是一大难点。

这个季节亚丁湾刮东北信风，正好与我们的航向相逆。从风向地图上看，26日风量达到最大，27日开始逐步减弱，30日基本上就处于无风状态了，所以27~30日这几天是我们穿越亚丁湾的关键时机。亚丁湾全长超过500海里，为了方便航行，被我自西向东划定出ABCDE五个节点。最西边的A点是中国海军护航编队的启护点，最东边是他们的解护点，舰队每48小时会巡完一个单程，在东、西节点停留12小时后再花48小时折返，以此来保护在亚丁湾穿行的各国船只。东西两点之间还有BCDE四个节点，每点相隔100海里。

整个穿越期，我和小刘会昼夜轮番值守，争取每24小时就能抵达一个节点。从E点到最东边的解护点只有半天的航程，过了这点之后，我们就不再顶风行驶，而是能够乘上从西南刮向东北的印度洋夏季风，更快地驶往阿曼。

2020年4月24日早晨5点30分，我和小刘迎来在亚丁湾的第一轮日出，离大白右舷不到1000米的海面上有一艘军舰。

由于亚丁湾的风向与我们的航向相逆，为了提高航行效率和节省燃料，我们采用迎风折驶的方式，也就是惯常所说的走Z字形。出于安全考虑，我计划每晚趁夜色往也门方向走，凌晨抵达折点后再转向东南方，赶在第二天天亮前回到主航道上。白天我们就在货轮航道的中央区域行驶，这样做有两大好处：第一，两侧都有货轮，大白夹在中间就相当于有了双面防护墙；第二，万一遇险也方便求救。所以从吉布提港出发后，我们不是径直赶往中国海军的启护点，而是船头指向东北方往也门走。

根据中国海军护航编队的班期表安排，他们会于25日早上7点在启护点跟商船集结完毕，随后一起以12节的速度穿越亚丁湾，而按照我的计算，我们将于25日凌晨2点左右抵达位于也门附近的第一个折点，早上10点前回到主航道上，刚好跟护航编队相遇，到时候我再呼叫他们进行报备。为什么不直接跟编队一起走呢？因为大白的航速太慢了，就算顺风顺水加上发动机一起也达不到 10 节，何况亚丁湾还是大逆风，我们的平均速度只有 3 节左右。

下午 1 点 30 分，海上没有一丝风，气温直逼 40 摄氏度，我和小刘像两块案板上的肉被烤得冒油。大白依靠自动舵和发动机的动力慢吞吞地往前推动，我把 VHF 调到公用的 16 频段，躲在船舱口避开狠辣的日光。突然 VHF 响了两声噪音，接着是一段普通话："中国海军您好，我现在已经到集结点了。"

中国海军？我立马抓起 VHF 仔细听。

我们的航向跟启护点偏离了一定夹角，有二三十海里的距离。我也尝试在 16 频段呼叫中国海军，但没有收到回复。小刘听到声音后，拿着望远镜跑出来，发现在我们 2 点钟方向有军舰的轮廓，附近还有一艘白色货轮。

"中国海军 887 舰，我已到位向您报告。"VHF 中再次传出中国商船的声音。

887 舰，是中国海军 887 舰！我翻出存在手机里的护航编队联系方式，找到这个舷号——微山湖舰，三艘护航战舰中的综合补给舰。

"中国海军 887 舰，中国海军 887 舰，这里是中国帆船深蓝号，这里是中国帆船深蓝号！"我也立即在 16 频道呼叫。但我估计舰队和远洋货轮都装配有大功率电台，我的手持 VHF 功率太小了，他们收不到我的声音。我让小刘把舵向右打 5 度，尽量向集结点靠得更近一点。

图 6—1　呼叫中国海军 887 舰

做航行计划时我发现，在三个时间点我们有机会跟中国海军相遇，分别是 4 月 25 日、4 月 29 日和 5 月 2 日。护航编队由启护点到解护点会行驶 48 小时，抵达解护点后停留 12 小时，再花同样的时长返回启护点，这就是一个完整的护航周期。4 月 29 日，我们有可能遇到返程的中国海军，5 月 2 日的概率较小，因为那时如果一切顺利，我们就已经越过解护点在前往阿曼的路上了。总之 25 日和 29 日这两天的希望很大。没想到运气这么好，居然今天就给我们遇到了。

VHF 始终联系不上，我决定给他们打卫星电话，试了两个号码，第二个拨通了。我有点紧张："喂，您好，请问是 887 微山湖舰吗？"

电话里传出好听的小哥哥的声音："您好，这里是中国海军微山湖舰，请问您叫我们有什么事吗？"

209

我竟然变得有些结巴："我是在您左舷的中国帆船，刚在电台呼叫您没叫上。我和您是平行在走的。我能看见您，您能看到我们吗？"

听说是一艘帆船，对方有点惊讶，问我们从哪来到哪去。我说我们从吉布提港出发，跨亚丁湾去阿曼的，我姓韩，叫韩啸。船上有两个中国人，我的船叫"深蓝号"。小哥哥听到我的话，邀请我们加入护航编队，可惜我们跟不上。"您的航速有12节，我只有3节左右，肯定赶不上你们的。我们就先走了，预计在29日会再次遇见你们。真的非常感谢您，能遇见你们真是太好了！感谢你们的护航，期待在路上相见！"

图 6—2　收到中国海军护航编队的回复

虽然只能看到远处小小的舰影，但这就是安全感啊！除了祖国，谁都给不了你。大白上的五星红旗正在迎风飘扬，我们继续向前。我想确认护航编队的航行路线，于是试着用VHF呼叫微山湖舰，没想到这次另外两艘战舰也听到了我们的声音，VHF里传来回复："'深蓝号'，这里是中国海军175舰，请问你叫我们是否有事？"

175，银川舰？我立即向银川舰报备："银川舰您好，我是中国帆船'深蓝号'。我从吉布提港前往阿曼，预计下个月2日抵达阿曼。29日可能还会与您相遇，我将按照商船的货运航线向东方航行，向您报备。"

"这里是中国海军175舰，收到。我在此区域进行护航行动，如果有需要帮助，请在16频道呼叫我。祝您航行愉快，完毕。"

我感觉到眼泪直往上涌："中国海军175舰，我代表中国的帆船手向您致以最崇高的敬意。感谢您在此海域捍卫中国人的尊严，祝您航安。中国海军175舰，我在29日的时候可能还会与你们相遇，麻烦您予以提醒，在这里向您报备。"

"175收到。"

"谢谢您，再见。"

我和小刘举杯大喊，找到组织了！没想到在本该是世界上最危险的亚丁湾，居然奇迹一样地有了归属感！祖国万岁！太自豪了。

日落时分,远处还能看到一艘军舰正在不停地巡游,这让我们感到很心安。晚饭是烧牛肉盖浇饭,吃完之后就要开始夜航了。

在亚丁湾,我们仍旧遵循黑暗森林法则,关闭所有灯光、不发出任何声音,不让任何人发现我们像小鸡一样无助。还有一点也非常重要,就是别跟任何人,尤其是当地人,讲述你的航海计划,尤其是要经过一些高风险航段时。否则说者无心听者有意,很可能给自己招来麻烦。这都是一些航海前辈教我的方法。我们将继续往也门行驶,赶在天亮前再折回到主航道。

第二天清早,船上发生了两件特别不好的事:船舱顶部的窗户破了,冰箱也坏了。窗户的问题不大,可以到目的地再换,但冰箱坏了就麻烦了。我们才出发第二天(以24小时算),之后还有十几天要在海上漂着,亚丁湾这么热,没有冰箱的话,食物很快就都会腐烂。

怎么办呢?只能尽可能延长食物的保存时间了。我把冰箱里所有东西都拿出来,有十几斤的水果蔬菜和将近10斤的牛肉。

我把水果全部装进一个透气的编织袋里,放到甲板上晾干。牛肉要怎么弄?好像只能做成牛肉干了。我从没做过牛肉干,小时候,舅舅倒是给我做过很多。海上没有网也没办法查,只能全凭记忆和想象了。印象中,好像是炸出来的。

图 6—3 大白的玻璃破裂

说干就干！我们先把所有牛肉洗干净放在甲板上晾干，再切成小块。晒了整整一下午，直到摸上去都很干爽了，再把这些肉干收进船舱准备着手第二道工序——炸。

小刘坐在船边钓鱼。亚丁湾的金枪鱼多到令人发指，就好像我们根本不是在海面上航行，而是趴在厚厚的金枪鱼罐头上一样。希望小刘同学能给力一点，钓两条鱼给我们加餐。

就在我准备炸牛肉干的时候，旁边的冰箱传出通电的声音，拉开门一看，灯又亮了。明明之前怎么弄都不行啊！我欲哭无泪。倒不是因为白忙活了一下午，而是我告诉小刘冰箱坏了，让他赶紧吃水果，结果他一口气吃了 4 个苹果和 6 个橙子。不过，既然说了要做牛肉干那就一定要做，免得冰箱突然又坏了。我把切条的牛肉先用油炸了一遍，捞出晾凉，

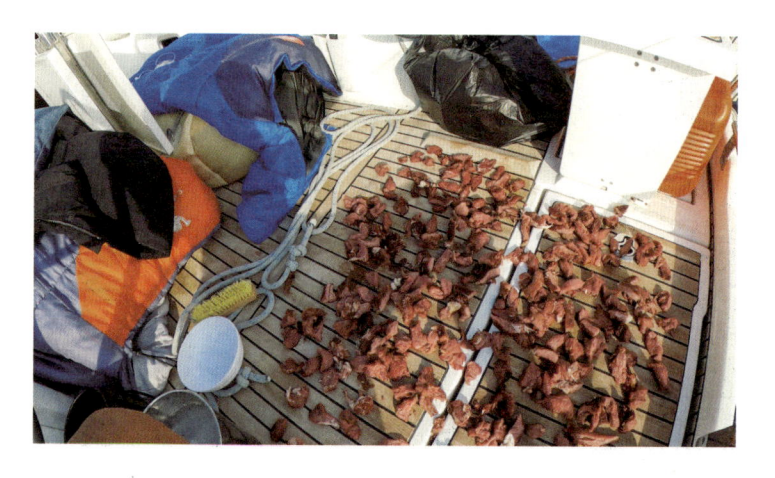

图 6—4 晒牛肉

再放进八角、香叶等香料，一起复炸第二遍。头两遍每次 5~7 分钟，尽量把水分抽出来。最后一遍时间更长一些，把牛肉彻底炸干沥出，再加生抽、老抽、鸡精、蚝油、白糖和辣椒面调味。

最后的成品呈现出晶莹剔透的琥珀色，跟店里卖的牛肉干别无二致。小刘尝了一个，说可以直接打包拿去卖了。看来我确实是个被航海耽误的厨子啊。

在我们两侧是穿梭的巨轮，左舷同样前往印度洋方向，右舷则是去往吉布提的。这么多货轮里肯定也有中国的商船，我们决定呼叫一下。小刘用望远镜发现一艘往吉布提航行的货轮，船侧写着 YANGMING 字样，我们尝试呼叫："阳明号，阳明号，这里是中国帆船'深蓝号'，请问你们是中国商船吗？"

很快，VHF里传出应答："这里是'阳明号'。中国帆船，请问有什么事吗？"

果然是一艘中国船！我们抓住乡音立即回复："您好，请问你是阳明航运公司的吗？我看到你在我的左侧。"

"你好，是的。你们怎么会跑到这里来了？""阳明号"的疑惑比微山湖舰明显大多了。

"哈哈哈，我们是做环球航行的，从吉布提到阿曼。突然看到有中国船特别开心，就想呼叫一下！"

我询问他们前方的情况如何，有没有海盗出现。"阳明号"告诉我们航程很顺利，没有海盗、天气也非常不错。

图6—5 韩船长联系上中国商船

"那就行，祝您航安！"我们告别了"阳明号"。

"谢谢，也祝你们一路顺风。""阳明号"友好地祝福我们。

在茫茫大海上听到乡音真是比任何事情都让人振奋。从遇到中国海军，再到遇见中国商船，我们竟然在亚丁湾感受到了前所未有的踏实和温暖。这可是亚丁湾啊！

除了货轮和油气船，我们还遇到一艘联合国的船，不知道是干什么的。它跟我们一样没按货轮的既定航道走，而是行驶在航道中央，速度非常慢。这是我们见过所有船里最悠闲的一艘了。

联合国的船刚过，就见一大群欢快的小海豚朝我们飞奔而来，像一大群叽叽喳喳的小麻雀。它们成群结队地跃出水面，好快乐的样子。我好像都能听到它们在喊："哇！人类，我来看你了！"我们放起海豚专属打榜音乐《第三人称》。

小刘摇头感慨："这可是亚丁湾啊！怎么搞得这么欢乐？"

逃离索马里

2020年4月28日,是我和小刘在亚丁湾航行的第五天,旅程进入最艰难的阶段。我们的航行计划是从吉布提开船前往阿曼,航向自西向东,然而由于这个季节亚丁湾刮东北信风,给我们的航行造成了很大阻力。为了提高效率和节省燃料,我全程采用走 Z 字的方式借风行驶,但从今早起,海面上一丝风都没了。

我算了一下,下午 3~4 点间,我们很有可能跟中国海军护航编队相遇。他们于 25 日早上 7 点护送商船从亚丁湾西侧的启护点出发,此时应该已经在返程的路上。但在这之前,如果还是没有货轮出现,我们的处境就很被动了。

1 个小时之后,小刘终于在望远镜里发现对面驶来的两艘货轮,我悬着的心总算放下了。待对方继续靠近,能够看到船侧赫然写着 YANGMING 字样,竟然又是阳明公司的

图 6—6　货轮从远处驶来

商船。我们立即用 VHF 呼叫对方，果然收到了应答。手持 VHF 能呼叫到约 20 海里内的船只，说明只要货轮在大白前后 20 海里内都有求救机会，那么至少在未来 4 小时，我们都是安全的。

入夜后，我们会进行最后一次折驶，等早晨回到主航道后离亚丁湾的出口就很近了。亚丁湾东侧跟北印度洋相接，北印度洋上的夏季风会给我们提供强劲的动力，帮助我们更快地驶向目的地阿曼。

直到 29 日，亚丁湾都是无风状态，海面平静得像一片巨大的湖泊，大白航速只有 2 节，比人走路还慢。通宵夜航也只跑了十几海里，白天还要遭受烈日炙烤，我心情开始变得很烦躁。早上 10 点，我们第二次遇到军舰，它在几艘货轮背后不远处默默随行。我和小刘兴奋起来，已经能够用肉眼看到他们，所以直接用 VHF 呼叫，但试了好几遍都没人应答。待军舰又近了一些才发现它没有悬挂国旗，舷号也不是我们熟悉的 887（微山湖舰）、175（银川舰）或 571（运城舰）。经过努力辨认，勉强可以确定是 857 或是 937，不知道是哪个国家的。虽说没能再次与中国军舰相遇有些遗憾，但这样的经历有一次就很满足了。

30 日早晨 5 点 30 分，厚重的积雨云排布在我们前进的方向，背后的天空仍然晴朗。虽然风很微弱，但近 2 米的排浪已经不断朝我们滚来，说明前方风很大。终于，我们快到亚丁湾的出口了。大白左舷，刚升起的太阳夹在海平面和连

图 6—7　联系上中国商船

成一线的积雨云层之间,形成了一道独特的风景,下午我们就能突破至关重要的 E 点,彻底摆脱亚丁湾的束缚。

出发前做航行计划时,我把整个亚丁湾的航程分为 ABCDE 五个节点,E 点就是我们要越过的最后一个节点。为什么 E 点如此重要?有三个原因:

第一,从地理意义上说,E 点已经不属于亚丁湾的范围,而是位于阿拉伯海。越过它就代表我们完成了亚丁湾的全部穿越;

第二,从安全角度看,在 E 点会遇到来自北印度洋的强

图 6—8　朝阳夹在海平面与积雨云之间

劲季风，这股风能帮我们快速驶达阿曼。我们终于从7天7夜的顶风前行转为乘风而行；

第三，从距离上来说，E点起我们每往前1海里，就是远离索马里1海里，离目的地阿曼近1海里，这是最让我和小刘欢欣鼓舞的。

直到5月1日，平均风速都在8米以上，这是我们早就料到的情况。大白行进的速度很快，下午就能进入阿曼海域。

至此，我和小刘的"穿越亚丁湾，逃离索马里"行动全战告捷！

作为全世界最危险的海域之一，敢穿越这里的人都是勇士，何况在中国，还没听说有谁不带任何保护措施，开着帆船单枪匹马闯亚丁湾的。只是这里的危险性确实跟其他地方不同，不仅是气候等自然因素，不像许多地方的危险可以想办法克服，亚丁湾只有一次机会——要么穿越，要么永远地留在这里。对我来说，去尝试这样一件没有任何人做过的事情是很值得骄傲的。

不过，穿越亚丁湾也并不是逞一时之勇的选择，因为关乎生命、关乎家庭。我在做了很多准备之后才最终踏上这段旅途，因为我希望中国人也能像国外的帆船手一样环游世界、实现自己的梦想，千帆过尽，初心不改。

总之，为了庆祝我和小刘成功穿越亚丁湾，我决定做一份有特别意义的大餐——胜利米粉。

米粉是我老家绵竹最有特色的小吃，出来这么久，我太想念家乡的味道了。鉴于船上的食材有限，只能有什么用什么。煮米粉最重要的就是汤底，我煎了几个鸡蛋，把西红柿、牛肉罐头和玉米罐头用油炒香之后，加水加煎蛋一起煮开，再放入生抽、蚝油、鸡精等调味，汤非常鲜。把粉丝放汤里烫 2 分钟后立即捞出，船上没有葱，我把切好的黄瓜片过汤之后放进米粉，增加一点清香味。最后的秘方是在希腊时一位俄罗斯船长送我的鱼子酱，再把自制的牛肉干和金枪鱼肉松，分别放进两碗米粉作为臊子。

小刘说这米粉太香了。他自从上船之后居然不瘦反胖，一路上都闹着要减肥。

图 6—9　格外美味的胜利米粉

被困阿曼

下午,我们进入阿曼海域,很快就有一艘舰艇朝我们的方向开来。船很大,我和小刘还在猜测这是艘货轮还是军舰,直到 VHF 里响起喊话才确定那是阿曼的海警。我立即向对方汇报我们的身份和航行计划。直到它行驶到离大白只有几百米的距离我们才看清楚,这是一艘 57 型驱逐舰,船后还停着一架反潜直升机。

天黑后,我们抵达阿曼的塞拉莱港。看着沿海岸线亮起的一长串灯光,温暖和踏实的感觉又回来了。我和小刘已经整整九个昼夜没看到陆地了。由于仍旧不能入港,我们在港外抛锚一夜,简单休息后继续往前走,最后在阿曼一座小渔港有了第一个歇脚点。离在吉布提补给物资已经过去了半个月了,船上的水和食物都消耗得差不多了,我们急需新一轮的补给。

第二天一早，一位渔民大哥路过大白，问我们是否需要帮忙。他刚打完鱼回港。我把我们的情况告诉他，问他能不能载我们上岸采购一些必需品，他听完很爽快地答应了。我们本就打算在阿曼停留一两个月，因为下一站迪拜的港口也不对外开放了。我提前联系到中国驻阿曼大使馆的工作人员，他们正在帮我们协调进港事宜。

我让小刘跟他去买些饮用水、果蔬和米面，再尽量办一张当地的电话卡。我问他应该给他多少钱作为酬劳，他听完却摆摆手说不要钱。要知道就在上一站吉布提，我们光是托

图 6—10　落日时分的塞拉莱港

当地人帮忙运送物资就花了上百美元。

我让小刘先跟他去买东西，回来之后再算钱。已经一个多月没踏上过陆地，我还算习惯，可对小刘来说是前所未有的体验。一听能上岸，把他激动坏了。他赶紧蹦跶上渔船，兴高采烈地跟我告别："哥，我走了！"

"好好好，去吧，哈哈哈！"

听小刘回来说，他刚上岸的时候两条腿都在发软，估计还有点晕陆。

买物资一共花了 65 美元，超市不能刷卡，是渔民大哥帮我们垫付的。他开船又开车，拉小刘一来一回，帮我们运来小山一样的物资，竟然还是一分钱都不愿意要。最后还是我们强塞给他90欧元。小刘趁机推开船，让他不再推却。

渔民大哥说，过两天再帮我们运过来些生活用水，因为大白上的淡水也用完了。我让他一定要上船跟我们一起吃顿饭，我下厨款待他。

5月11日，我联系上一座可以停靠的码头，虽然还没等到那位渔民大哥，但我们必须出发了。我给他发了一条信息，告诉他以后有机会再见。

码头藏在群山环绕的一小片沙漠绿洲里，周围修满度假酒店，跟埃及红海边的景色很像。近岸处海水变浅，只有4

图6—11　帮忙采购物资的渔民

米多，码头派出一艘小艇为我们领路。岸边是精致的酒店小楼和整齐的棕榈树，距离上次看到这样的风景都像过去了一个世纪，人类文明真是美妙啊。不用再担心任何危险，晚上终于能好好洗个澡，睡个踏实觉了。

可生活总是这样，给你一个惊喜，又把它变成惊吓。进港手续缺了一环，还需要中国大使馆和阿曼分别开的许可证，但要拿到这两份文件特别麻烦。大使馆的工作人员和阿曼的一位海警中尉都在不遗余力地帮助我们，得到好消息之前，我和小刘只能耐心等待。

别无选择，我们只能又把船开出港外，在一处锚地临时抛锚。更糟的是，这片锚地只能停一晚，按照当地规定，如

图6—12 阿曼游艇码头

果手续还办不下来，会被驱离到海岸线外 12 海里的地方。因此，那位海警中尉建议我们去一个叫 Palal（帕拉尔）的锚地，在那里短暂停留到手续办完为止。

Palal 是一座荒岛。没有补给，我和小刘只能自力更生了。食物和饮用水在渔民大哥的帮助下已经补足，但还有个关键问题——船上没有生活用水了。生活用水平常是用来洗碗和洗漱，像洗澡这种事情太过奢侈，我们都是用水擦一下身上保持清洁。幸好马桶可以抽海水，不受影响。

图 6—13　阿曼的锚地

阿曼的气温高达 40 摄氏度，就算坐着一动不动，汗水也流个不停。我决定试试在埃及认识的荷兰小哥赫曼的方法——用海水洗澡。以前我从没试过用，因为这不是跟流汗一样吗？都是盐水。我按照赫曼说的，先跳进海里游两圈，把全身都泡湿，回船上打沐浴露和洗发露，再用海水冲洗干净。洗完之后，身上还是咸的，这样肯定不行。我又用不到 1 升的饮用水把身上冲了一遍，发现效果还蛮好的。嗯，以后就这么干。

　　有朋友问我，为什么不直接装一台海水淡化器。这东西价格比较贵，占地方不说，还费电，装在我的小帆船上不太

图 6—14　海水洗澡

合适，除此之外，还需要经常更换滤芯，太麻烦了；加上它处理出来的淡水我也不放心直接饮用，所以还是决定在码头加水。

我们发现这片锚地鱼非常多，而且特别笨。以前在课文里读到过"棒打狍子瓢舀鱼"，在这里直接走进了现实。虽然不至于用瓢舀，但这里的鱼只需要搓一点面包屑做鱼饵，平均3秒就有一条能上钩。不管怎么说，我和小刘至少是饿不死了，第一天的晚餐就做油炸小黄鱼吧。

炸鱼需要面粉和吉士粉混在一起才能酥脆，但我们没有吉士粉，就用鸡蛋混合面粉代替，再弄一些蒜泥加进去，做蒜香味的。让炸鱼增香的小技巧是加一点黄油，跟面粉和鸡蛋糊一起搅拌融化，直到用筷子能挂住就可以了。小海鱼一般都比较腥，处理干净后，我先用姜和料酒腌了15分钟，然后一块一块挂满面糊，再放到油里炸至两面金黄，小刘看到后垂涎欲滴。

炸好的小黄鱼连骨头都是酥的，撒上两包四川干碟，比店里卖的炸鸡还香。这么看来，荒岛的生活还不赖。

除了小笨鱼，水底还有很多海胆、贝壳和海螺，本来我还想做个海胆蒸蛋，但这里都是长刺海胆，不但没什么黄，刺还有毒，只好作罢。在岸边和水里还散布着一些十分奇特的东西，长得很像果冻甜甜圈，也不知道能不能拿来凉拌。

一晃10天过去了，文件还是没办下来。我和小刘被困在锚地，每天都有海警询问我们什么时候离开。我一边跟进手续办理的进度，一边打听埃及港口是否开放的消息，做两手准备。

没有淡水很不方便，经过协商，码头同意我们进去加些水再返回锚地。工作人员听说我想买些东西，短暂地给超市开了门。我和小刘把水箱和所有能装水的地方全部装满，一共加了400升的淡水。我在超市买了几大桶饮料和冰激凌回到船上，这么热的天没有空调，冷饮就是硬通货。回到锚地后，发现这里竟然多了几艘游艇，才知道这里根本就不是荒岛，而是当地的度假胜地。阿曼5月18日解封游轮出海，说不定我们上岸的愿望快实现了。

图6—15 "果冻甜甜圈"

遭遇马蜂袭击

5月底,我和小刘已经被困在锚地20多天。入港手续还是没能办下来,我们只能放弃了。我和小刘决定离开这里,转去迪拜。其实按原计划,我们是不会去迪拜的,而是直接把船开到印度、马尔代夫、斯里兰卡,最后回到中国,但问了一圈,只有迪拜开放港口。

离开前,几个住在阿曼的中国朋友开车给我们送来了几十斤的补给。他们住的城市离我们非常远,一开始,我们是想约在两地的中间点见上一面的,但我和小刘连岸都不能上,只能作罢。没想到他们竟然连夜开车,把东西给我们送了过来。大白不能开到岸边,我拜托一艘在锚地玩的阿曼游艇载小刘去取物资。

距离工业码头不到30海里的地方有一座岛礁,水深情况非常理想。我们在那里做最后的停留,然后一鼓作气开到迪拜。日落前抛锚，日出时离港，这就是我和小刘在阿曼的流浪生活。

临近中午 11 点抵达岛礁，印度洋的潮汐正处于低位。小岛周围的海水像碎玻璃一样透亮，海龟和鱼群在船底游来游去，仿佛是人间天堂。小岛太矮了，不好避风，我把船开到背风面，这样浪会小很多。岛上有人值守，得到工作人员的允许后我们把船锚定。上岸前，我潜水查看过水下情况，大鱼非常多，而且岛礁奇形怪状，多半还有螃蟹和龙虾，小刘听说能在这儿住一晚，高兴坏了。

找锚点时，我们遇到了一艘渔船，船上摆满巨大的半圆形笼子，像大鸟笼一样，我以为是捕龙虾的，追上他们才看清里面是很多肥硕的大鱼。渔民一抖笼子，鲜活的大鱼全都

图 6—16　阿曼渔民

翻跳起来，我让小刘赶紧找个口袋来买几条。渔民大哥二话没说，抓了两条最大的鱿鱼装进口袋递给我们，我赶紧找出一大袋巧克力威化饼送给他们作为交换。

在岛礁休整完毕，我们一鼓作气前往目的港，还剩最后 80 海里。跟平常一样，我冲了一壶柠檬糖水倒好一杯放在桌上，然后就出去给迪拜的船代打电话了。迪拜的代理费比阿曼稍微便宜一点，不到 6000 美元（4 万多人民币）。到迪拜以后还要在海上隔离 14 天才能进港，这是当地的规定。

打完电话，我回船舱喝水。没往杯子里看，端起来就灌了两大口，突然嘴上一阵剧痛，我赶紧扔开杯子，就看到一只大马蜂从里面飞出来。上嘴唇火辣辣的，疼得我头皮发麻。这些马蜂从我们刚到阿曼锚地就上船了，大家已经共同生活了 30 多天。整个阿曼沿岸全是马蜂，根本就赶不绝，我和小刘已经端了它们好几个老巢。平常大家也算井水不犯河水，谁能料到这马蜂大哥居然在我的柠檬水里泡澡啊？

蜇就蜇了吧，又不是第一次被马蜂蜇了，以前也出现过什么过敏反应，或是并发症之类的，顶多两天就消肿了。我没管它，继续干自己的事情。

过了半个小时，我感觉到上嘴唇完全肿起来了。照镜子发现竟然有点搞笑，摸起来 QQ 弹弹的像果冻一样。这不就是女生们常说的嘟嘟唇吗？

本来只有上嘴唇痛，很快嘴巴周围一圈也又痒又痛，再

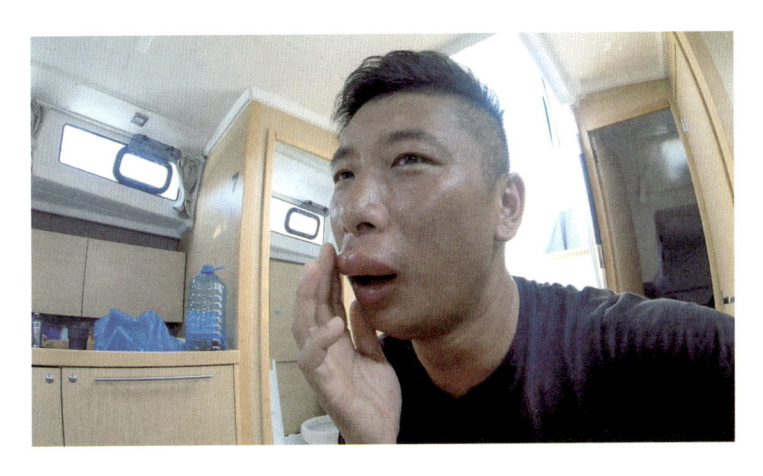

图 6—17　嘴唇被马蜂蜇肿

后来，整张脸都开始痒。我不敢挠，因为越挠就越严重。差不多过了 3 个小时，脸也肿了！感觉整张脸像充了气，上嘴唇完全动不了，说话也说不清楚，连喝水都漏水！想起《东成西就》里面的梁朝伟，这可能是我这辈子离梁朝伟最近的一次。这些人还花钱做什么嘟嘟唇啊，来海上喝口水不就都有了吗？

小刘一看到我的脸就笑，一看他笑我就也想笑，我一笑脸就疼，他就笑得更厉害。我真想揍他……

就在被马蜂蜇完的第 6 个小时，事情完全朝向不可预测的方向发展——我已经完全不认识自己了……唯一欣慰的是手机还认得我，人脸识别还能够解锁，说明变化可能也不是

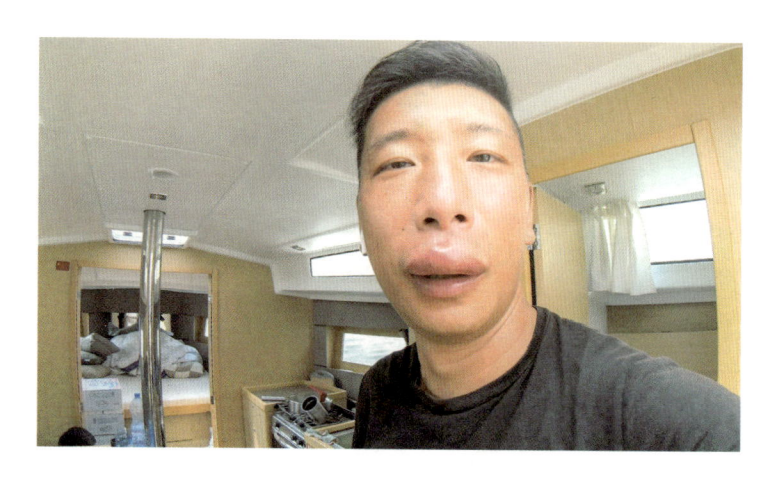

图 6—18　被马蜂蜇的第 3 个小时

特别大,我一定还是那个帅气的我。

还是忍不住上网查了一下,被马蜂蜇完不用药,最慢几天能消肿,说是三五天。唉!可怜我的粉丝朋友们这几天都只能面对这张不好看的脸,不知道他们会不会取关。

我们已经把船开到一片海湾抛锚,岸上有几幢房子,我决定划皮划艇上岸找渔民要解药。脸已经肿到眼睛都睁不开了,还有点没精神、想睡觉,就怕阿曼马蜂有什么神经毒素,让我当一辈子"猪头三"。

皮艇充好气后,我跟小刘一起划上岸。

"哈喽……"整座山谷都回荡着我的回音,却没有人回答,渔民们好像都已经出海捕鱼了,只有一条狗和几头羊无

图6—19　被马蜂蜇的第6个小时

所事事。转了一圈没找到人,我在一棵椰子树下坐下,跟那只狗打招呼:"朋友,你好啊。"小狗听到我的声音走了过来,然后从我面前径直走过,跑到海边去了。连狗都不理我?

"旺财,你陪我玩一会儿。我太孤单了,你陪我玩一下好不好?"

旺财瞅了我一眼,十分高傲地走掉。

等了1个小时还是没人出现,只好先回大白上。结果我们刚一上船,渔民就回来了,我叫住他们。语言不通,只能指着脸和肿成山一样的嘴,问他们这样会不会有危险。那几个渔民一看我的脸,立马明白过来,开始狂笑不止。边笑边安慰着我没事,只要别挠就行了。

不怪他们，说实在的，我自己都没眼看。一个中国人在阿曼，被马蜂叮成猪头……不过，没事就放心了，继续往迪拜走吧。

第 24 个小时，惨况达到巅峰，我的手机也不认识我了。我想起网上看到过一个狗的表情包，我的脸跟它好像……怎么被马蜂叮过的动物全长一个样？这是个谜。

第 28 小时，脸消肿了一点，又辣又烫的感觉好多了。这个阶段的我像倒霉熊，怪可爱的。可能我变成胖子就这样。

下午 6 点，我们通过霍尔木兹海峡。终于要到迪拜了！

图 6—20 被马蜂蜇的第 24 个小时

图 6—21　被马蜂蜇的第 28 个小时

图 6—22　通过霍尔木兹海峡

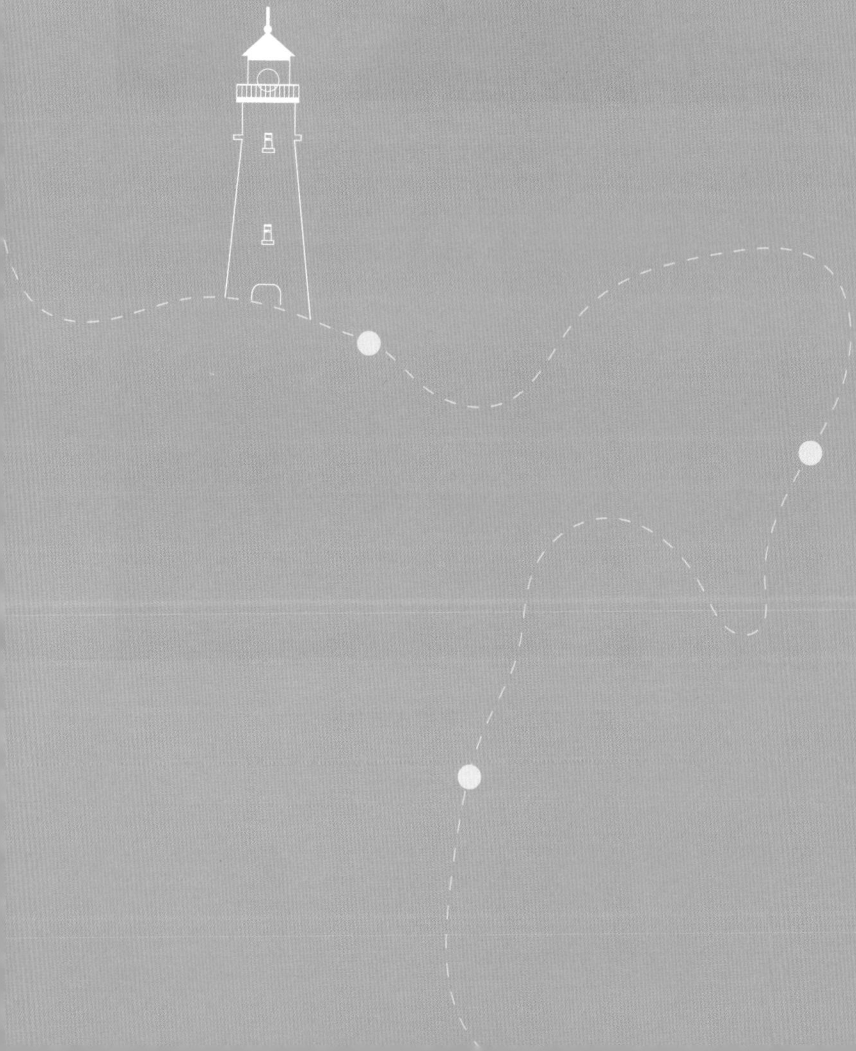

Part 7

单人穿越阿拉伯海

升级大白

在迪拜停留到 7 月,跟我相伴 3 个多月的小刘终于拿到签证,可以回国了。他第一时间买好机票,将从迪拜飞回我们旅程开始的地方——埃及,从开罗转机回家。一开始他计划跟我航行 10 天,从埃及到吉布提就结束,谁知一口气居然在船上足足待了 110 天!小刘说,这就像父母给你报了个 199 元的辅导班,结果一不小心上了个全套,赚翻了。

回去前,他特别有心地为我准备了惊喜,有水果、王老吉和续命的可乐,竟然还搞到一瓶红酒。不仅如此,他还定制了一个特别梦幻的蛋糕,上面每个元素都有含义:蓝色的奶油代表大海;帆船是大白,同时意味着"一帆风顺"的祝愿;有我的幸运数字——7;还有一条鱼尾巴,象征我的潜水元素。小标牌上写着"红海行动圆满完成"。

这么好的东西当然不能自己独吞,我们把蛋糕带到隔壁,

图 7—1 小刘精心准备的蛋糕

跟游艇上的朋友们一起分享。

小刘学的是酒店管理专业，来航海之前，他已经被这个专业最厉害的学校——康奈尔大学录取了。虽然从大白下船，但他的环游世界之旅远远没有结束。去机场时，我们幸运地打到一辆红旗的士，回想起 4 月份从埃及出发时升了国旗，这趟行动也算是有始有终。

漂流了好几个月，大白也该做一次全面的升级保养了。送走小刘后，我先请两组人分别在船上安装了空调、完善了监控系统的布控，然后把船开到另一座港口进行为期半个月的保养。这会是我在独穿阿拉伯海、前往马尔代夫之前的最后一次系统保养。

我已经提前联系好船代公司，停进指定的泊位后，工作人员把大白吊离水面。才过了短短 2 个月的时间，船底就已

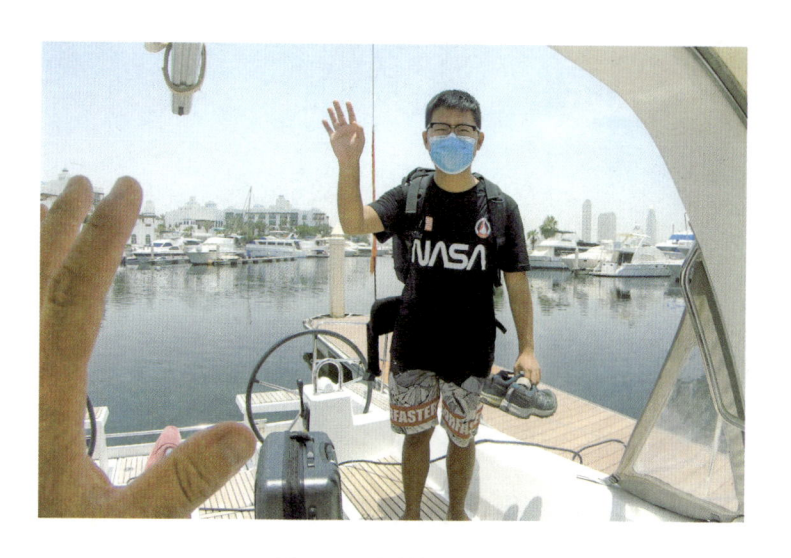

图 7—2 小刘回国

图 7—3 大白上岸

经长满了一层厚厚的海生物,有藤壶、海藻,居然还有小螃蟹。不得不感慨,这些海洋生物旺盛的生命力。工人先用铲子铲掉这些海鲜,一时间竟然像下雪一样,之后还要进行几轮细致打磨,然后再上漆、上防护涂层(防止海生物附着,能够维持1年左右)。

大白被吊起的第三天,船底被打磨得差不多了,以前绞进螺旋桨的渔线也被彻底清除干净了,肉眼可见变得轻盈起来,即将进行第二轮喷漆。船底的出水口和空调的进水口换上了全新的铜部件。

半个月后,大白焕然一新,重新入水,准备好开始下一段旅程。

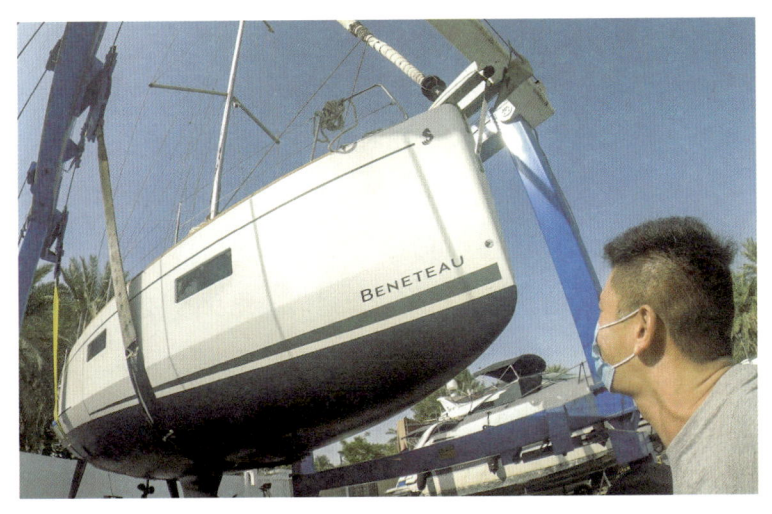

图7—4 大白焕然一新

一个人的十六天十六夜

2020 年 9 月 20 日,我独自驾船离开停留了 3 个月的迪拜码头,踏上前往马尔代夫的旅程。从迪拜到马尔代夫要跨越阿拉伯海,全程 1700 海里左右,需要昼夜不间断地航行 16 天,这是我目前为止面临最艰巨的航行任务。但距离远还不是最难的——出发在即,我突然发高烧,3 天都不见好转,头痛头晕、浑身乏力,没有任何胃口。以这样的状态去应对接下来半个多月的航行任务,风险也太大了。但我没有时间等待病情好转了,进入 10 月之后,北印度洋的风向就会转变,由夏季风的顺时针环流转为逆向,跟我的航向完全相悖,如果不抓住这最后的时间窗,就只能等到明年了。

我先用四天四夜,航行 400 多海里从迪拜到阿曼完成最后的补给,然后于 25 日下午出发,正式开始跨越阿拉伯海。航程分为两段,头一段先往印度的方向走,抵达折点后转而南下，利用季风朝马尔代夫推进。

第一段是最难的，几乎全是顶风前行，而波斯湾的风浪情况跟之前在阿曼湾的截然不同，仅从阿曼出来 20 多个小时后，我感到体力流失得比在阿曼湾几天几夜还要厉害。预计未来 96 个小时都会是这种高强度、高对抗的状态。希望我能顺利通过阿拉伯海，回到小七身边。

太阳落下海平面，四周静悄悄的，只有海浪的声音。其实还不到 6 点，但我要抓紧时间睡觉，尽量多恢复些体能。然而，从凌晨 1 点开始，风浪就特别大，我竟然一夜未眠。

第二天清晨，甲板被潮水打得透湿，地上还躺着一条已

图 7—5　阿拉伯海的风浪很大

经凉透的飞鱼。当初刚到埃及时，一次出海潜水的途中，我捡到一条撞上船的飞鱼，当时觉得特别新奇。那条飞鱼很美，浑身都是亮闪闪的蓝色细鳞片，翅膀像蝴蝶一样又大又精致，不像这条小小的，一副营养不良的样子。我捡起来把它扔回海里，给海豚朋友们当早餐吧。

我的身体还是很难受。大白现在是靠着自动舵行驶，我倚在船舷边休息，尽量消化不适感。前方天空中布满乌云，不过云层不算太厚，不知道晚些时候会不会形成雷暴。希望太阳出来能驱散它们。

据我所知，像我这样做长距离航行的人只有两种：一种有专业团队做后备支撑；另一种是帆船赛事经验丰富的专业

图 7—6　掉到甲板上的飞鱼

航海手。而我,哪种都不算。我当初为什么要做这件事情,那现在呢,还要继续吗?

船舱里没开灯,静悄悄的、黑漆漆的;太阳也没出来,海上阴沉沉的、空荡荡的。这才是在阿拉伯海上的第二天,接下来还要度过至少六七个这样高强度的夜晚。先熬到折点吧,过了折点之后就是顺风或者侧风跑了,境况会好一些。

第二条飞鱼掉在甲板上,我把它也扔下船,然后进船舱给自己弄点吃的。懒得做饭了,我开一盒自热火锅,想用辣味刺激一下神经。其实在航海期间内,食欲本来就会大幅减退,每次在一个地方待久了,长胖了,我都靠航海恢复体重。

穿越的第三天下午,大白跟一个庞大的海豚群相遇了。一开始,海豚的数量并不多,也许是被发动机的轰鸣声所吸引,从十几只增加到上百只。当然,海豚除了追逐大白之外,也在觅食,追着飞鱼满大海地游,上演着一场超级热闹的围猎大赛。这些飞鱼被赶得惊惶失措,拼命地扇动翅膀,急急地飞出水面,又像雨点一样落回海里。航行中遇到海豚总是会让人振奋,因为它们看起来实在太快乐了,无论多低迷的情绪都能烟消云散。除了海豚之外,我还有两个朋友——一对特别的海鸟兄弟。它们从我出航时就一直跟着我,此时已经离岸超过200海里了,它们还是每天都会过来跟我打个招呼。有了这些小生物的陪伴,航海也就没那么孤单了。

海上也有人烟——偶尔能碰到一两艘深海捕鱼的渔船。

图 7-7　成群的海豚

不过，在正常的航行途中我不希望遇到任何船只，因为这对我来说风险太大了，尤其是小快艇，十有八九是来者不善。这些深海渔船靠光吸引鱼群，所以亮度非常强，夜里它们在空旷的海面上就像人造太阳一样，很难想象人待在上面会是什么样的感觉。

随着接近赤道，风越来越微弱，进入 4000 米以上的深海后几乎没有风了，我给油箱注入备用油。航程已经推进到一半，还剩 850 海里。

经历完海豚的喧闹后，冷清的感觉更加难以承受。航海的确是一项对体能和精神考验非常大的项目，回想起跟我一起航行过的伙伴：陪我一起闯波罗的海和北海的老顾，一起跨越比斯开湾的尼克，还有跟我在中东流浪 3 个多月才下船的小刘……几乎每个人都经历过从兴奋到恐惧、到崩溃，再一点点把信心捡起来开始修补，然后又崩溃、又接着修补的过程，最后达到一个比较平衡的"随他去吧"的状态，也就是所谓的"摆烂"。然而他们都只是乘客身份，作为一个船长、一个水手，我要想的东西还要多得多，这就是为什么航海真的需要非常强大的心理才能够适应。茫茫大海上什么都没有，你不知道下一秒会发生什么、天气会怎样变化，能活下来全靠大海的仁慈。在海上从没有征服大海这一说，只有大海让你活着、大海让你通过，仅此而已。

煮了一碗速冻饺子当晚饭，发现船上来了个小乘客——一只海燕。这么小的鸟怎么会飞到离岸边六七百公里的深海？连我的两只海鸟兄弟可能都放弃了。我任它在船舱飞进飞出，不去打扰。海上的鸟都不怕人，它们把偶遇的船只当

图 7—8　飞上船的海燕

作临时歇脚的小岛，休息够了又飞去做它的事情。

第五天，出太阳了。久违的阳光冲破密不透风的云层，就像掀开了棉被一样照亮前方海面，而我背后仍旧乌云密布。夜里休息得不错，身体恢复了大半，我冲了一杯咖啡提神。大白右后方的远处，一块海面上闪烁着一阵五颜六色的光束，观察了半天也不知道是什么东西。这道光慢慢延伸，才在乌云的背景下看出是一道彩虹，差点以为我撞到了什么神迹。原来彩虹是这样形成的，一道神光从海里升起，直插入云霄当中。

图 7-9　海上梦幻的日出

起了一点风,我赶紧把闲置了两天的前帆升起来,结果还不到10分钟风又停了,只好把刚歇火的发动机重新启动。对帆船来说,发动机的动力是非常小的,一般只有进出港和无风情况下才会用到。每次推发动机操纵杆的时候,我都幻想着能感受到推背感,但其实并不会有——只要它别跳机就谢天谢地了。

那么跳机是哪种情况呢?比如以前我遇到过两次螺旋桨被缠,导致发动机无法工作,必须人力下水去救援的情况。只是那两次船上都有同伴,我可以抓住缆绳冒险下船,但这次船上就只有我一个人,漂荡在远离任何一块陆地的深海,一旦遇到跳机,飞机救援不到,海警也联系不上,是真正的叫天天不应,叫地地不灵。所以只要发动机不出问题,就算它像驴拉车那么慢也是要感恩的。

无事可做,我找出单反相机想拍些飞鱼的画面,结果这些飞鱼平常左一波右一波跳个没完没了,就在我找出相机之前都还很活跃,这会儿全部偃旗息鼓了。我举着相机坐在左舷等待,就见右舷掠过一小群,我换到右舷继续等,干坐了20分钟,结果却毫无动静。为什么啊?风没有,飞鱼也没有,真是要啥啥没有!

那两只消失了一整天的海鸟兄弟,却在这时候飞回来了,绕着大白转了几圈,算是给我打过招呼,然后又飞走了。我觉得特别神奇,方圆上千公里都没有陆地,它们从不在船上睡觉，那晚上它们到底去了哪里呢？还能做到每天都来跟我打个照面。这一定是两只有尊严的鸟，不会随随便便在别人的船上过夜。

网上经常有人问我："你一个人航海，会不会觉得空虚寂寞冷？"这个问题显然格局不够大。

我每天坐拥星辰大海，看着太阳一点一点地升起，又目送太阳一点一点地落下，看群星闪烁、水母发光，怎么会空虚呢？

我能和海豚一起唱歌，能看到飞鱼在海面上追逐、海鸟在空中翱翔，我能看到除了螃蟹以外的各种神奇生物，怎么会寂寞呢？

图 7—10　海鸟兄弟

冷就更离谱了。我有棉被，有军大衣，有小棉袄，我会冷吗？

算了！飞鱼不出来，海豚也不理我，还是吃饭吧。吃完饭睡一觉，又糊弄完一天。完美。

我把剩下的速冻饺子全部倒进锅里，结果煮成了一锅饺子粥。唉……真是干啥啥不行，吃饭也做不了第一名！

10月的第一天，一觉醒来就看到天空中挂着一道绚丽的彩虹，从海面上拔起，高高地划过天空，另一端隐藏进光里，这是我第一次如此近距离地看见彩虹。如果把船开过去，会不会进到绚丽的光芒里呢？然而我没想到，这差点就成了我这辈子见过最后的美景。

图7—11 海上的美丽彩虹

航海过程中雷达经常会发出警报，观察屏幕能看到大片大片的不明物体在靠近。这些其实不是船，而是浓重的云层，通常伴随降雨。我已经到达阿拉伯海的最深区域，水深近5000米，离最近的陆地至少有500公里，雷达显示方圆24海里都没有船只。

海面非常平静，大白在发动机的推力下慢慢朝前行驶。我坐在船头望着彩虹发了会儿呆，然后打开音乐准备开始一天的安排。就在这时，一艘快艇从远处朝我疾速驶来，在和缓得几乎静止的背景下，它就像唯一在移动的物体。

莫非是海盗！

我全身血液都凝固了。反应过来后，我迅速抓起离我最近的一把渔枪，接着跑下船舱抓起防弹衣、匕首和指虎，扔上甲板。我弓下身爬出船舱，躲在桌板后面快速扫了一眼海面——快艇又不见了。压低身子环顾四周，都没再看见那个迅速移动的白点，我鼓起勇气拿起望远镜进一步确认，万幸，没遇到什么危险。能看到远处有一艘比较大的渔船，应该是之前见过的那种深海捕鱼船，离它一段距离处有一艘白色小艇，不确定是不是我刚才看见的那艘。两条船都没再朝向我了，小艇似乎在拉网。

我的手和腿止不住地颤抖，心跳得很快，把发动机推到2000转，加速驶离他们。雷达显示，两艘船没再靠过来。确认是一场虚惊后，我瘫坐到地上。之前在苏丹到吉布提的航

图 7—12 防身工具

段就遇到过类似的情况，很多渔民开着小艇靠近船边，向我和小刘索要烟和酒。虽然这些渔民没做出什么过激行为，但在他们彻底离开前，你永远不会知道自己遇到的是致命危险，还是虚惊一场。

小艇离我最近的时候只有 1 海里左右，没有风，大白无论如何都跑不赢它。船上只有几把渔枪，被我放在各个方便取用的位置，剩下的就是菜刀和匕首。如果真有不测，茫茫大海真是叫天天不应，叫地地不灵。好好的早晨，突然就搞出这么一个状态，那一瞬间，我真的想了好多，准备了那么多东西，甚至差一点就打电话跟家里人告别了……

海面上已经看不到那几艘船的踪迹，算是逃过了一劫。

好在那几艘船不一会儿工夫就不见了踪影，我也精神了。还剩最后一小段航程，这时候更不能掉以轻心。大海好像总在用各种突发状况提醒我：保持警醒。

倒数第三天，海豚朋友们又来找我了。应该是已经进入无风带，海面平静得就像游泳池一样。我停下发动机加油，这些海豚三三两两地围上来，在大白周围温柔地游动，时不时地侧身看看我，还翻出肚皮撒娇。它们逗留在船边不走，我努力克制住想跳进海里跟着一起游的冲动。

加完油，我启动发动机继续赶路，海豚也跟着船加速，在前方领航。等到它们玩够回家了，我才进船舱准备早饭。

图 7—13　虚惊一场

图 7—14　抵达马尔代夫

突然很想念家乡的清粥小菜，于是，我决定煮了一锅皮蛋粥，配上咸鸭蛋、豆腐乳、豆豉鱼罐头和自己拌的萝卜榨菜。有时候认认真真地吃顿饭，也是一件很治愈的事情。

　　10月6日早上6点，在太阳升起的时刻，第一座小岛出现在视野当中。洁白的沙滩、嫩绿的植被，还有比宝石更蓝更透的海水。我终于成功抵达遗失的仙境——马尔代夫。16个日日夜夜，没有网络、没有任何社交，整个世界好像停摆了一样，我几度以为自己真的会死在海上，但最后的最后，我完成了。

老朋友来了

在一座无人岛的背风面抛锚后,我跟船代约好下午 1 点见面,办理进港手续并了解当地好玩的项目。船代来之前问我是否吃过午饭,其实我才刚煎好几块三文鱼,但我很好奇他们会给我带什么,就说没吃。结果下午他们就端着见面礼来找我了——一只现烤的大龙虾!这是不给钱就能吃的吗?我面不改色地收下这份见面礼。船代的表情倒很稀松平常,就好像在说:"您好,欢迎来到马尔代夫。这是您的龙虾,请查收。"

了解到我喜欢潜水,他们告诉我就在大白底下的水域,潜水能看到上百只鲨鱼,因为我抛锚的地方正好是全马尔代夫最佳的鲨鱼观赏点。我一听,劲头就来了。去年底途经埃及在红海暂驻时,我的头号目标就是找锤头鲨,可惜在那儿

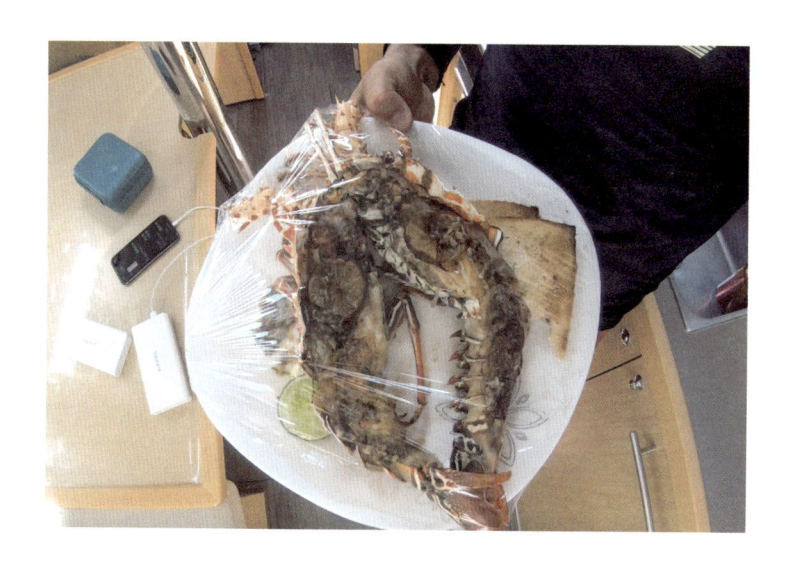

图 7—15　船代送的龙虾见面礼

待了整整 2 个月，潜水了好几次，始终都没有找到，那时候还正是观赏锤头鲨的最佳时段。这回在马尔代夫，我绝对不能再让机会溜走。船代们看到我这么兴奋，都觉得很奇怪，问："你难道不怕吗？所有人一听到有鲨鱼都怕得不行。"

"肯定不怕啊。鲨鱼长得那么好看，而且马尔代夫都是个头较小的礁鲨，性格很安静，不会主动攻击人的。"

除了礁鲨和鲸鲨，马代北部还有蝠鲼，每年 10~11 月，运气好的话能观赏到壮观的蝠鲼风暴。大多数游客只知道北部有很多奢侈的酒店、一流的设施和碧海蓝天，却不知道这里还有全马尔代夫最棒的生态圈。我已经等不及了。

好朋友卢克 9 日将从迪拜飞来找我，在这之前，船代帮我安排了第一波行程——抓龙虾。

第二天一早，我换好湿衣，带着潜水装备和一只小网袋跟当地渔民去捕龙虾。这些渔民都是自由潜的高手，抓龙虾的时候不需要配备任何潜水装备，所以第一轮我先背水肺下去跟拍，再卸掉装备跟他们一起自由潜捕龙虾。首次尝试不能太贪心，抓够一个小网袋就可以了。

龙虾和螃蟹一样，都爱躲在岩石缝里，抓它们的工具很简单，就是一根铁钩。在水下先观察岩石缝，如果看到长长的白色胡须冒出来，就是龙虾没错了。这时把铁钩伸进去，一勾一拉，大龙虾就被拽了出来，特别简单。仅经过3轮捕捞，龙虾就填满了渔民船上的箱子，我分到了14只，塞了满满两大袋！马尔代夫的龙虾实在是太多了，我终于明白为啥船代的见面礼能那么豪放，这的确就是土特产嘛。但要注意

图7—16　14只龙虾

的是当地禁止游客私自潜水捕捞，我跟随渔民的捕捞行程是100美元/人。不过100美元14只龙虾，还要什么自行车？

清点完，保存成了大问题，我的小冰箱根本塞不下这么多龙虾啊？我把个头最大的尽量都塞进冷冻层，还剩4个小的实在放不进去，只好当晚饭了。做个四虾两吃，一盘蒜蓉小龙虾、一锅龙虾粥。唉，看来剩下的日子只能吃龙虾了。

天黑后，我跟渔民一起继续夜潜。其实夜潜很有意思，不像在白天时海生物们都躲在岩石下，晚上它们会肆无忌惮地冲出来觅食，在手电筒的光照到之前，你永远猜不到下一秒能看见什么惊喜（也有可能是惊吓）。龙虾已经够多了，这回我专门捕螃蟹，一雪之前抓不到螃蟹的耻辱。

9日早上，我拿出六七只龙虾和一袋从迪拜买的鸭舌解冻，设宴款待即将上船的好朋友卢克。卢克是我在迪拜认识的超级游艇二副，他的另一个身份是工程师，澳大利亚小伙子。他将在马尔代夫跟我玩一周，然后去英国学习。

挑出最大的龙虾做蒜蓉粉丝虾，由他一人独享；剩下的本着万物皆可卤的原则，做成川式辣卤口味；鸭舌也都提前卤好并撒上了四川干碟，配上我秘制的萝卜干榨菜。希望兄弟别嫌弃，毕竟除了龙虾，我也没啥好招待他的。

我们订了一家位于达拉万杜岛的超五星级酒店，在锚地休息一晚后，第二天吃过早饭便直接起程。锚地位于整个马代最北端的乌利刚，距离酒店100海里左右，我们要连续航

图 7—17 为卢克准备的龙虾全席

行 20 个小时。

这是卢克第一次乘帆船旅行。出发前,我教给他一些简单的操作知识,尤其是万一我落水应当怎样救援。前一晚开始,海上风量就很大,风从船的右舷刮来,大白始终维持在 7~8 节的航速。照这个速度,根本用不了 20 个小时,晚上就能到酒店了。从 30 米深的浅海区进入 400 米以上的深海后,卢克兴致勃勃地找出鱼竿钓金枪鱼,他说只要水深超过 200 米就能钓到。看这兄弟一脸的天真无邪,我打击他:"放心吧,你啥也钓不到的。"卢克很受伤,怪我拆他的台,但钓鱼这事我可太明白了。回想起刚开始航海的时候,我比他还人菜瘾大，鱼饵都只买专钓几十公斤大鱼的。现在呢？脸已经被现实扇肿了。

大白全速朝酒店所在的小岛飞奔，我们却接到坏消息：酒店不能入住。不仅如此，我们只能待在船上等待通知，马尔代夫的流浪又这么毫无预兆地开始了……

突然没了目的地，不知道该去哪儿。天黑后，我们把船临时停进一座居民岛的码头，躲避海上恶劣的天气。不管怎么样，等过了这晚再说吧。

一觉醒来，我惊觉我们被围观了。六七个当地人站在岸边，他们正在跟卢克聊天。卢克比我早起一些，已经迎来送

图7—18 被岛上居民围观

往了好几波"观光客",顺便摸清了小岛的形势。他告诉我岛上共有5000个居民,大家都很热情。岛民们已经知道我们的困境了,还很愿意帮忙。我有点哭笑不得……

来参观的大部分都是男性,不过也有一位妈妈带着儿子给我们送来了盒饭,打开一看,是她亲手做的烙饼、咖喱三文鱼、烧肉丸和煮鸡蛋,这让我和卢克感觉特别温暖。我们把船上两支崭新的水枪送给小男孩,过了一会儿他们又返回来,送给我们两盆绿植。虽然被围观的感受有点怪,但这些人善良、淳朴。在他们的帮助下,我们补充到一些水果零食,还有最不可或缺的淡水,然后离开码头继续找寻安全的锚地。

天空依旧乌云密布、雷声隆隆,风速维持在10米/秒以上。途经一座无人岛,本想靠近一些避风抛锚,可水太浅开不进去。在这种天气里漫无目的地寻找锚地难度非常大,无奈之下,我们在另一座居民岛又停了下来。

入境和进港手续早在刚到马代的时候就通过船代办妥了,我们面临的唯一问题是不能立即住进酒店,因为没有船只入境旅客的入住条例。既然如此,就暂时停在这座码头等消息吧。

已经连吃了好几天龙虾,蒸的、卤的、炸的、火锅的,早就吃腻了。船上没有其他食材,我们钓了两条扒皮鱼和一条鹦鹉鱼来改善伙食,扒皮鱼拿来红烧,鹦鹉鱼用来香煎。就当我蹲在船尾清理鱼内脏的时候,岛民们又来看热闹,他

图 7—19　停靠在马尔代夫居民岛

们问东问西、观察我们的一举一动。两条扒皮鱼特别难处理，而且有股难闻的味道，我逐渐烦躁起来。背后不停有人指指点点、议论纷纷，最后一点做饭的心情都没了。卢克看出我心烦意乱，一个人应付着他们，而我只想快点接到通知，赶紧做完核酸住进酒店。

10月15日中午12点，相关工作人员前来通知我们，终于可以去酒店了！无尽的漂泊生活至此告一段落。我把船暂时停放在马尔代夫，根据情况再做下一步计划。

不管怎么说，绿树、白沙，马尔代夫的度假生活，我来了！

重返阿拉伯海

2021年初,我接到马尔代夫船代的电话,告诉我大白的停靠时间即将到期。按照马尔代夫的规定,外籍船只每年最多能停靠180天。我查阅了一大圈,还是只有迪拜能够停靠。无奈之下,我做了一个疯狂又危险的决定:再跨越一次阿拉伯海,把船从马尔代夫重新开回迪拜。船代还说,由于大白太久没有维护,已经开始漏水了,太阳能板的电路也有问题,发动机也有点故障。当地没有维修店,我从网上买了一大堆工具和零部件寄到马尔代夫,然后再一股脑地扛到码头。

4月的第一周,出航前的准备工作有条不紊地进行着。我给大白安装了新的水泵,换了崭新的帆和缆绳,处理了太阳能板和发动机的问题,最后再清理掉船底的附着物。用充足的物资塞满冰箱和储藏室,把400升的备用柴油运上甲板。

13日下午,我最后一遍清洗大白,给前后水箱都加满

图 7—20　重新维护船上的设备

400 升清水，启动发动机，检查仪表盘的各项数据及自动舵的运行情况。经过精心保养的发动机运转良好，大白微微地颤动着，跟我一样期待着新的远航。半年前跨越阿拉伯海，我花了整整 16 个昼夜，这样的远距离航行需要制定周密的航行计划。查看气象地图得知，从马代出发后的前 4 天都没有什么风，第 5 天将接到北印度洋的夏季风，那时我就能乘上东风一路向西，直抵目的地——迪拜。

检查完毕后，我解开固定大白的缆绳，跟在码头与我共处了不少时日的朋友们一一告别，随即驶向久违的深蓝。

大海像湖面一样平静，呈现出梦一样的蓝绿色，我从没见过马尔代夫的海像这般温柔。我正在马尔代夫的最南端，需要先航行一天一夜抵达最北端，然后进入北印度洋。大白完全依靠发动机行驶，我想省一点油，所以把前帆也展开了，但帆完全吃不住风。跟游轮和游艇不同，帆船这样的无动力船只是无法依靠发动机做远距离航行的，最重要的动力还是风。所以对我们帆船手来说，被困在海中央等风的情况是家常便饭。

一大群海豚听见发动机的嗡鸣声赶来凑热闹，就当它们是为我送行吧。当初刚到马尔代夫时，也有超级多的海豚出来迎接，那个阵势形容成锣鼓喧天、鞭炮齐鸣都不为过。希望这一路上它们也能常常出来陪我，让我的旅程不至于太孤单。第一晚断断续续睡了2~3个小时，刚上船还是有些不适应，不过，我的精神状况很好。不知道我能坚持到第几天开始跟自己说话？

2天之后，我正式离开马尔代夫的岛群进入北印度洋，之后就看不到小岛的景观了，等待我的将是茫茫无际的汪洋大海。正如我所料，海上还是一点风都没有，连轻薄的球帆都拉不起来。午餐是炸鸡，出发前我买了3桶食用油，因为油炸食品的保存时间比较长，结果到现在一桶都没吃完。只要开始航海，食欲就会大幅消退，估计这半个多月里，体重掉个五六斤是完全没问题的。我决定把炸鸡改造一下，做成适合四川人口味的辣炒鸡块。把炸鸡切成小块，加入尖椒和豆瓣充分炒入味，不管拌饭还是拌面都很香。无聊已经慢慢侵袭着我，不过一切都在掌控之中。

由于接近赤道带，虽然才4月份，气温却已经超过30摄

图 7—21　重返阿拉伯海

氏度。从早上开始天空就阴沉沉的，厚重的乌云压住整个海面。没有风，大白跑得又慢，船里又闷又热。就这样酝酿了整整一个上午，雨终于降下来了。海面上形成几片降雨区，雨量还不小，我等的就是这个！赶紧冲进船舱拿沐浴露，洗澡啦！

不知道你们有没有听过一个笑话，有一天下暴雨，一个精神病院的病人们全都端起盆子、肥皂和毛巾，冲进雨里洗澡去了，只有一个病人很淡定地站在窗后看着外面这群疯子。院长很诧异，问他："他们都去洗澡了，你怎么不去啊？"那个病人说："你真当我有病啊？我等水热了再去。"嗯，我现在不就是那群神经病之一吗？

不过，海上的淡水确实特别珍贵，一滴都不能浪费。虽

图 7—22　暴雨中洗澡

然大白上拉着六七百升的淡水和饮用水，但只要有雨水用，船上的生命之水就得节约。

我让雨水把身上打湿，然后抹上沐浴液搓起泡。虽然雨滴很大颗但还是太稀疏了。转头突然发现船帆下沿水流如注，是雨水打在帆上以后汇集到了一起，正好洗头。大白的雨棚上也积了不少雨水，我边喝边洗脸，一滴都没放过。

水可真是好东西啊！

阿拉伯海中有一类船的行为让人特别难以理解，它们都在夜间出现，我遇到了两次。

第一次是16日晚上，我在自己的航线照常行驶，突然雷达开始报警，屏幕显示有两艘船正在向我靠近，一艘在我的前方，另一艘在左舷。两艘船速度很快，一看就是带动力的货轮或深海渔船，按照我们彼此的航速，很有可能在前方相撞。

我打开警报灯，向对方示意我的位置，深海航行的船只都装着雷达，他们肯定早就看到我了。然而，这两艘船并没有偏离航向或减速的迹象，仍然朝我的航道不管不顾地冲过来。开船是不可能像开车一样急刹的，如果避让不及，则很有可能相撞，我不懂，偌大的一片海域，他们为什么非要从我旁边擦过。

其中一艘船一直航行到离我只有百米左右，等到雷达疯狂报警，我换强光灯照射他们，并把所有武器都带在身上。

图 7—23 不明船只逼近

过了 10 分钟左右，它超到我的前侧，然后驶向远处。

位于我左舷方向的船并没有过于靠近，我一直等跟他们都拉开足够的安全距离，才放下渔枪、关掉警示灯。

第二次则更加诡异，是在我航行的第 8 天夜里。这艘船被雷达侦测到时，跟前两艘船一样朝我急速靠近。我打开警报灯，提示它我所在的位置，同时把发动机直接推到最大速度。结果我很快发现这艘船也在提速。我又把速度降低，然后它也开始减速！

这艘怪异的船始终没有调整航向，直冲我的航道逼来。按照通常的情况，都是由货轮商船这类动力船只偏转航向，避让无动力的帆船和小渔船，因为他们速度快，可控性更强。但眼前的情况下，我别无选择，只能冒险转向。

这艘船离我之近，已经只有几十米的距离了。我把渔枪上膛拿在手里，准备应对随时可能发生的情况。

"你怎么开的船？"我用强光灯指着对方的船长室，愤怒至极。最后的结果跟前两艘船一样，它以跟我非常近的距离擦身而过，扬长而去，就像是开了一个极为恶劣的玩笑。

我想如果孤单能评级的话，航海肯定要被评为全世界最孤单的事情了。跟外界失去所有联系的第 6 天，一切仿佛都失去了意义。

本该有风的，空气中却没有丝毫动静，大白依旧要依靠发动机微薄的动力前行，按照如此缓慢的速度，抵达阿曼至少还要 10 天以上。我煮了一碗面，用一点冷冻的蘑菇和几勺辣椒油做了一份汤底。

帆船航海跟很多人的想象有很大差别，大家总以为好似时时刻刻都要跟风浪搏斗，但实际上，大多数时间是相当孤寂的，尤其是遇到无风，或者风向恒定的情况，调整好帆和自动舵之后就无事可做了。怎么安排好时间，不让自己无聊至极是很重要的。

我每天都会健身，因为航海对体能和精力的要求非常高，平均一天只能睡三四个小时，甚至更少，拥有一副扛造的身体很有必要。

练习救生技巧也是雷打不动的项目之一，每一个海员都必须非常熟悉绳子的使用用法，因为在帆船上到处都会用到绳子：控帆、固定船只、固定自己等等。运用绳子就涉及打结，比如最基础的布林结就是在船员意外落水时，能迅速在自己双臂之下打上一个牢固的绳结，然后顺着绳子重新爬回船上。当然，这是万不得已的情况。

各种打结方式必须形成肌肉记忆，通过每天不断地、一遍又一遍地训练，才会知道在最重要的时候该怎么做。不需要去看，不需要去想，身体本能地就能做出反应，这才是可靠的安全感。各行各业都没有天才，航海也好，生活也罢，都只有通过不断训练、不断学习、不断积累、不断克服孤单和恐惧，才能到达彼岸。

接下来的几天，风依旧很小，经常能看到远处漂过一两个垃圾。这时的大海就像浩瀚的沙漠一样，什么都没有。矛盾的是，你永远不知道下一秒又会发生什么。

已经超过一个星期没见过任何活物，没跟任何活物说过

图 7—24　布林结

话了,相比于跟狂风大浪搏斗,巨大的虚无感更能摧毁一个人的意志。我想要风,但没有风,天气可不会管你出发前做了多周密的计划,不会管气象预报里是怎么说的。茫茫的大海上没有网络,没有人,没有冰镇西瓜,也用不了空调。就像回到了上千年前人们开辟新航路的时候,所有人都被困在一艘船上,时不时地会遇到狂风暴雨,时不时地又是万里晴空。没有发动机的条件下只能等待,在这浩瀚无边的大海上也不知道陆地在哪里,不知道前途在哪里,也不知道未来在哪里,就这样漂着。我完全能够理解他们发现一片新大陆时的那种激动、兴奋的心情,因为我感同身受。

简单吃一点麦片和饼干,补充必要的体能,**越是枯燥的环境,就越需要极端的自律。每天制定非常精准的计划——做什么事,一件事干多长时间,我需要随时随地都知道自己在干什么,朝着一个目标、一个方向一直往前走。**这已经不是在跟天斗,不是在跟大海斗了,而是在跟自己斗。

还要多久,才能到达我的彼岸呢?

2021年4月22日,是我独自在阿拉伯海漂流的第9天,我仍处于北印度洋的深处,离阿曼口岸还有400海里左右。已经整整9个昼夜没跟人说过话,我已经快要憋疯了。

其实,海上并不真的孤单。北印度洋有很多捕鱿船,好几个晚上我都看到远处的灯光密密麻麻连成片。我一直避开他们,因为一个人航行在远离陆地的汪洋之中,随意搭讪是不明智的，尤其在不清楚对方身份，也不知道对方船只的情况时。但如果再不跟人说话，我可能真的要崩溃了。既然这些都是捕鱿船，还是成规模的船队，应该相对安全吧。我调整方向，朝离得最近的一艘渔船开去，看能不能找他们聊聊天，顺便要点海鲜改善一下伙食，我都好久没吃过肉了。

随着越来越靠近，能看到渔船上挂满大灯，是一艘捕鱿船没错。它安静地漂浮在海面上，船上一个人也没看见——这种船都是晚上作业，白天大家肯定都在休息。距它只有十几米了，我看了一眼船舷……等一下，中国字？这是一艘中国渔船？！

哇！中国渔船？居然是老乡啊！看到他们这么多次，我怎么就没想到是中国的船呢？继续往船头靠近，这下看清楚

图 7—25 极端的孤独

了——鲁荣远渔,四个中国大字,原来是山东的远洋渔船!所以夜里我看到的那连片的渔船都是中国的?

我大声朝他们打招呼,才想起该用中文。"有人吗?"我掉转船头再次靠近,兴奋地呼喊,可是没人理我。怎么觉得他们有点怕我呢?

突然,渔船的烟囱冒起黑烟,我大喜过望:睡醒了?可紧接着它开动了。怎么开走了?

这艘船缓缓驶离,我赶紧拿起VHF在16频段和9频段呼叫,中英文都试了几遍,可还是没人答复我。眼看着这艘船偏离航道,我的海鲜计划也随之落空了。

不过,我还是觉得很骄傲,因为整个通宵都能看到海上连绵不绝的船队,规模庞大。我一直以为那是印度或者阿曼

图7—26 在阿拉伯海遇到中国渔船

的渔船，没想到竟然是我们中国的。从雷达上能看到在我四周还有好几艘，我决定换一艘碰碰运气。这种感觉就像是拆盲盒一样，我越来越兴奋了。这就是旅行很有趣的一个地方，你突然决定要做一件什么事儿，但又不知道会是怎样的结果，结果可能是好的，也可能根本就没有结果，但都没关系，光是这个尝试的过程就已经很有趣了。

第二艘船的结构跟第一艘完全一样，船舷的字样也是鲁荣远渔，船尾写着"石岛"两个字。

我把船减速。"有中国人吗？"这到底是为什么呢？绕着渔船转了一圈，又通过VHF呼叫，结果都石沉大海。算了，还是不要惊扰他们了，我掉头走掉。至少在印度洋上看到了中国字，我已经很开心了。

时间好像变得无限漫长，又好像全然消失了。每天清晨，在我的右手边迎来日出，每天傍晚，又在我的左手边送走日落。我百无聊赖地望着平静的海面发呆，突然雷达响起警报声，在我不远的前方有一艘渔船。

我接着往前开，渔船逐渐变清晰。它比之前那两艘中国渔船都小不少，是一艘传统的木船，一看就知道是阿曼的。我感觉特别亲切，因为一年前被困在阿曼的时候，当地渔民送我好多海鲜，还帮了我不少忙。我兴高采烈地开过去，看看他们能不能给我点好吃的！

突然觉得自己有点滑稽，我从什么时候开始对要饭这么

图 7—27　通过无线电呼叫渔船

轻车熟路了？其实船上并不缺吃的，只不过在茫茫大海上，我已经 12 天没见到过人了，这下发现了我多半都要忍不住凑上去了。

"朋友！"我看到有好多人在船上，特别热闹，"你们从哪来？"

"伊朗。"船上好几个人都在回答我。

"我从马尔代夫来。你们有鱼吗？章鱼？给我点儿呗！"渔船上的每个窗口都趴着人，他们让我掉头靠过去，拿鱼给我。

"我拿东西跟你们换。"把大白靠过去后，我跑进船舱随手抓起一大口袋薯片，一袋接一袋地往他们船上抛。这些渔民全都聚到船边，好奇而友善地看向我。眼看着大白快撞上他们的船了，我又转了一圈，绕到他们的船头继续空投薯片。

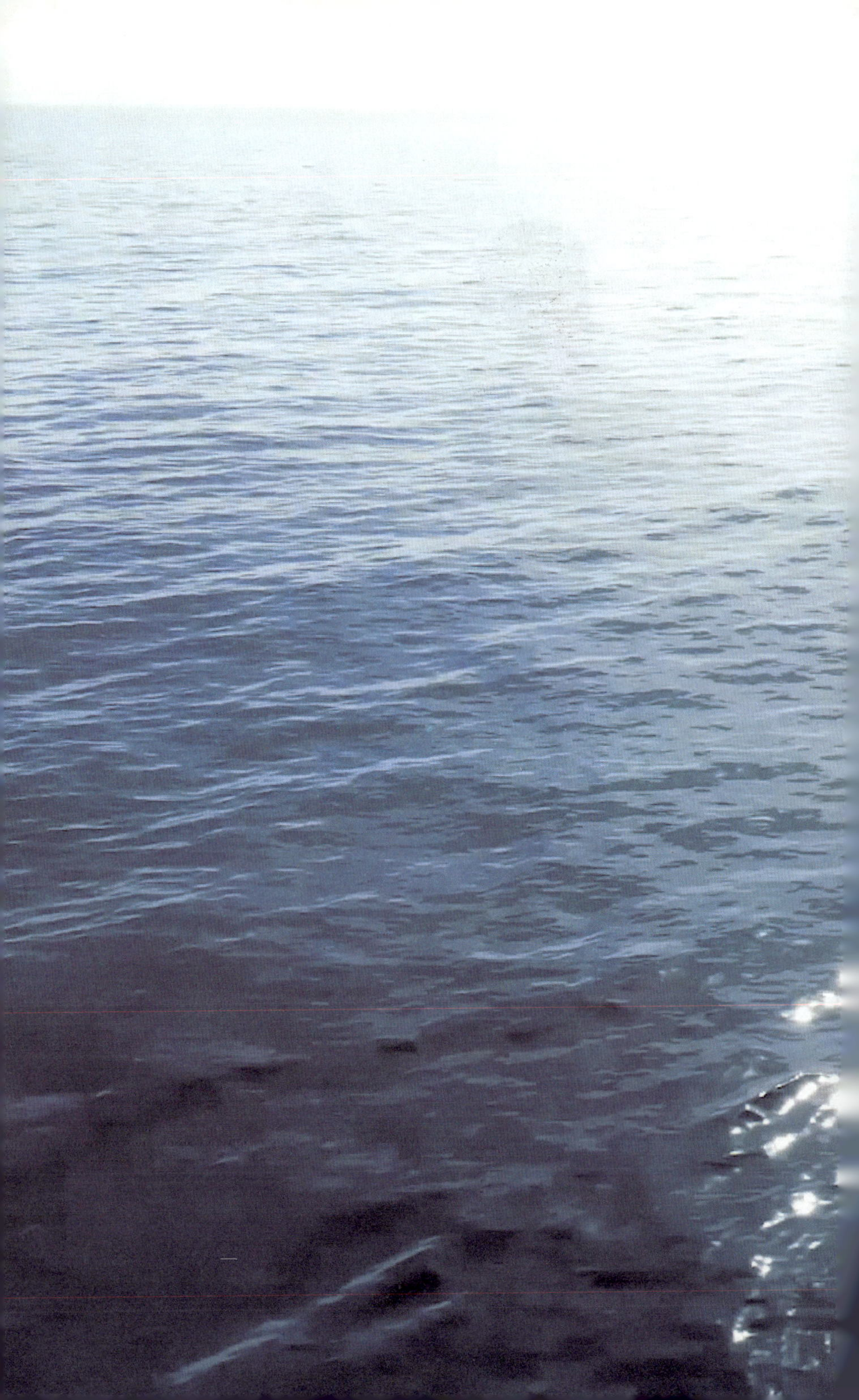

图 7—28　驶向大海的怀抱

"别扔啦。"他们边笑边制止。一个渔民兄弟提着一只大金枪鱼走上船头，朝我抛下一根缆绳，我接住绳子，他们在另一头拴上金枪鱼递了下来。

一大堆渔民围在船头看热闹，还七嘴八舌地指挥，我抓住时机跟他们聊天。虽然他们讲波斯语我讲英语，大家各说各的，但完全不妨碍气氛到位。投递完金枪鱼后，他们又送下来一条剖好的小鲨鱼。

"谢谢你们，我太开心了！"

我感到又重新跟人类世界连接上了，于是满血复活。跟告别他们后，我继续赶路。在旅途中很多时候就依靠这样的小感动支持着我，给我带来温暖。彼此轻松地聊上几句天，简单地以物换物，这样就很好。我很庆幸生命中能有这么多小确幸。

晚餐吃鱼，我把鲨鱼和金枪鱼都片下一部分，用料酒和生姜去腥后，简单拿油、盐和黑胡椒煎熟。这是我第一次吃鲨鱼肉，其实很不好吃，肉质非常柴且有点发酸，怪不得只听说人吃鱼翅，却从没听说吃鲨鱼的。

我知道获得鱼翅的过程非常残忍。渔民们捕到鲨鱼后通常只会割掉鱼鳍，然后把仍然活着的鲨鱼扔回大海自生自灭。失去了鳍的鲨鱼无法再自如地捕食，只能在深海里默默等待死亡，想到这里，我心里很不好受。在海上这么久，虽说没见过鲨鱼，但我遇见过很多次海豚，在无数个孤独的日夜里，只有它们与我相伴。

5 天后，我遭遇到航海以来的最大危机。

4 月 30 日晚上 10 点多，我驾驶着大白向前行进，雷达提示前方有渔船。这些深海渔船往往会放出长达上百米的巨大渔网，所以我照例偏转航向，绕道几百米避开他们，可是很快我发现发动机的声音开始不对劲，大白逐渐减速。又坚持了几分钟，发动机熄火了。我尝试重新启动，灯光亮了一下又灭掉，这种情形我并不陌生——螺旋桨被缠住了。

离我百米开外有亮灯，那是一艘渔船，缠住大白的多半就是他们的渔网。可我已经绕了这么大一圈，怎么还会撞进他们的渔网里？我用强光灯照射渔船闪烁示意，然而对方没有给出任何反应，继续等了 40 分钟，还是没人理会我。

海上的风比较大，水面已经没有了前几天的平静，这种情况下我必须下水了。船被渔网缠住非常危险，不只是螺旋桨，很有可能整个船底都被卡住了，不能不处理。不知道再晚一点会产生什么变数，如果渔民开始收网，会对我的船造成不可想象的毁坏。

不能再继续耽误时间。我穿戴上安全背带，把绳索系在身前的安全扣上打了几圈绞刑结，这种结能越拉越紧，非常可靠。绳索另一端系在船侧的扶手上，又在系缆桩上再次固定，这样能保证绳子无论在什么情况下都不会脱落，只要我身上的绳扣不掉，就能再次回到船上。为了避免被意外缠在船底，绳索也不能太长。通常来说船长是绝对不能下船的，但我没有别的选择了。我只能用匕首把渔网全部切断。

四周漆黑一片，海水像墨汁一样在风中不停涌动，大白跟着不断摇摆。渔网是非常难搞的，潜水的人都知道，人一旦被渔网缠住就非常难以挣脱。暂时还不清楚船下到底是什么情况，龙骨、螺旋桨多半都被渔网缠住了。

我从船后下水，深吸了一口气潜下船底。昏暗的海水流速很急，我紧紧抓住绳索，努力控制住身体平衡，只能看见头灯照射的极小范围。不出所料，乱七八糟的渔网死死钩住了龙骨，螺旋桨上更是惨不忍睹。大致看了情况后，我游回水面，必须背上氧气瓶下去才能解决。

船上一共有 2 个气瓶，我拎出一个测压，表上显示只有 500psi（35bar）的气，最多支持我用 10 分钟。10 分钟就 10 分钟吧，能解决多少就解决多少。

我背上气瓶再次下水，直接游到龙骨旁边，先把纠缠的网绳全部切断、扒掉，又把拖住螺旋桨的渔网也一起割断，让大白摆脱渔网的纠缠。气瓶已经没剩多少气了，我没时间细致处理螺旋桨里的杂乱绳线，只有先离开这片水域再找机会。

上船后，我把灯光全部熄灭，靠风力悄悄驶离。早晨进入风区，浪越来越大。由于螺旋桨还是被缠死的状态，大白不能用发动机，只能靠风帆行驶。之前那么多天海上一直都没风，却在大白失去动力的当口狂风大作，实在不是什么好兆头。发动机故障在帆船航海中被评为 B 级风险，无法进出港、无法用锚，很多事情都不能做。甲板上一片狼藉，我努力平复自己焦躁的情绪，在这种天气下水解救螺旋桨更不明智。唯一庆幸的是夜里当机立断下水救了船，否则后果更不堪设想。

想通之后，我先是好好地吃了顿饭，准备睡一会儿再看风会不会小一点，要是风不小那就接着走，着急解决不了任何问题。大白仍处于 4000 米的深海当中，仅靠风力还需要行驶至少两天才能抵达阿曼湾，必须保存体力。

睡醒后，发现风小了一些，但还是有 4 米多，下船不安全，我找出第 2 个气瓶测压。好久没用了，也不知道里面还有没有气。螺旋桨的问题无法靠自由潜解决，如果气瓶没气那就彻底没辙了，只能到阿曼附近呼叫海岸警卫队求救。

按动气压表，指针停在了 1100psi（68bar）的位置。感谢苍天，这些气够我在水下作业 15～20 分钟！

还有一件麻烦事：这一整天的风向都不对，我不断调整风帆，大白却持续偏离航道，照这样下去，我恐怕就要连人带船都不知道会被吹到哪里去。结果挨到日落时，风向突然变了，让我能往正确的方向行驶。虽然船上的电即将耗完，包括自动舵、照明等所有电子设备很快都要用不了了，但只要有 1 分钟正确方向的风，我就能开心 1 分钟。

风很大，大白倾斜得厉害，我用绳子把自己固定住，坐在高的一侧压舷，照这个速度，一天后就能完成阿拉伯海的穿越，那将是我第二次成功穿越阿拉伯海，希望不要是最后一次。

5月4日凌晨，我驶入阿曼湾，早晨7点迎来了许久未见的平静日出。风小到几乎可以忽略不计，海面也趋于平和。终于要迎来决战环节了——下船解决螺旋桨的问题。

大白已经失去动力5天了，我也差不多5个昼夜没怎么合过眼，也没好好吃过一顿饭，总是睡几分钟就被风声惊醒，连忙去调整风帆。一鼓作气清理掉螺旋桨上的阻塞物，我就能放心航完最后一段。

在抽屉里找出一个小铁钩，这是我专门用来清理螺旋桨细小缝隙的神器。穿戴好装备后，我立即下水，在海上就是这样，做了决定就当机立断，因为变数实在太多。

螺旋桨完全是卡死的状态，一点都转不动，我用匕首割开乱七八糟的绳索和水草，再一点一点地把能看到的线全部去掉。处理完后用手试了一下，能转动了，虽然还是不顺滑。气瓶剩下500psi左右的氧气，我回到船上。

手上、身上到处都被划出了很多道小口子，还在流着血，因为船底海水的流速太快。但这些都不重要，见证奇迹的时候到了。

第一步，按动按钮。随着一声长鸣，仪表盘亮起灯光。

图 7—29　风平浪静的海面

打火成功，发动机恢复工作！接下来是第二步，也是最关键的一步，推动操纵杆。如果操纵杆卡住，说明螺旋桨里的线还没有清理干净，需要再次下水。但如果能顺利推动，就说明螺旋桨能转起来了。

老天保佑……

我把操纵杆往前一推，杆没回跳，船下传来轰鸣声，船尾的海水开始波动翻滚。大白重获动力！

五天了，整整五天，其间有两天两夜的电力几乎完全是中断的！我真的快放弃了。所以说，在你真的想放弃的时候，坚持一下，再坚持一下，也许就成功了。谢天谢地，我终于可以回家了!

设定好自动舵,我好好地洗了个澡,煮了一碗方便面。经历完这一切,这口方便面简直就是全世界最香、最好吃的东西。5天以来第一次能好好吃上一口热乎饭。

2021年5月5日,经过22天的艰苦航行,我终于抵达了迪拜沿岸,并且二度完成单人单帆穿越阿拉伯海。即将靠岸,回想起自己在2019年4月从瑞典斯德哥尔摩出发,到现在为期25个月的航行,共计跑完15000多海里的航路。虽然历经艰险,但我很感激自己能够毫不犹豫地下定决心,走上这一段探险的旅程。

回看整段航海之旅,我发现它馈赠我的早已超出最初的设想。那些曾在脑海中勾勒上百遍的画面,那些烦琐的准备工作,都在真正踏上旅途的一刻被重新定义,我也浑然不觉地走上另一条我未曾想过的未知轨道。

波罗的海遭遇雷暴,中途同伴的离开,"深蓝行者"的加入,赶上自媒体的浪潮……诸多偶然事件堆叠到一起,造就了如今的我。

出发总是很容易,过程总是很艰难,而结果却总是很让人感激。人生中那些大大小小的抉择,又何尝不是这样呢?

不要怕你的梦想不着边际,要拥有敢于出发的勇气,开启一段只属于自己的旅程。

因为要从心底知道,你不是其他人。